THÉATRE DE LA PORTE-SAINT-MARTIN.

LA QUEUE DU DIABLE

VAUDEVILLE FANTASTIQUE EN TROIS ACTES

Par MM. CLAIRVILLE et Jules CORDIER

Représenté, pour la première fois, à Paris, sur le théâtre de la PORTE-SAINT-MARTIN,
le 29 juillet 1852.

PRIX : 60 CENTIMES.

Paris

BECK, LIBRAIRE, RUE DES GRANDS-AUGUSTINS, 20

TRESSE, successeur de J.-N. BARBA, Palais-Royal.

—

1852

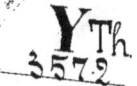

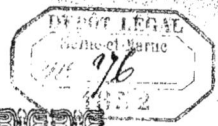

LA QUEUE DU DIABLE

VAUDEVILLE FANTASTIQUE EN TROIS ACTES,

Par MM. CLAIRVILLE et Jules CORDIER,

Représenté pour la première fois, à Paris, sur le théâtre de la PORTE-SAINT-MARTIN, le 29 Juillet 1852.

PERSONNAGES.	ACTEURS.
TIBULLE, élève en astronomie.......................	MM. Laurent.
ROUSTOUBIQUE, huissier............................	Coquet.
GRATTEMBOUL, professeur d'astronomie...............	Vollet.
CORISANDRE, membre du bureau de bienfaisance de Saint-Mande, conseiller municipal en expectative, et parrain de Tibulle..	Curry.
ZOÉ...... } ouvrières en chambre......................	Mmes Albéry.
NICHETTE. }	Maria Rey.
FRANCINE. }	Philippe.
LA MÈRE MISTENFLUTE, portière de Tibulle.......... ..	Sylvain.
Restaurateur, Masques, Gardes du commerce, Soldats, etc...	

ACTE PREMIER.

À Paris ; une mansarde pauvrement meublée ; au premier plan, à gauche de l'acteur, une porte donnant sur le carré ; dans le fond, à gauche, un lit très-bas ; à droite, une croisée par laquelle on aperçoit le toit.

SCÈNE PREMIÈRE.

TIBULLE, *seul. Il est sept heures du matin, en hiver ; au lever du rideau, Tibulle, en gilet de laine, est assis sur un mauvais fauteuil, devant une petite table.*

Dire qu'il est à peine jour, et que moi, Tibulle, élève en astronomie et surnuméraire à l'Observatoire de Paris, je cherche depuis minuit une idée lumineuse pour tirer une carotte à mon parrain ! hélas ! j'en ai besoin de carotte... je n'ai plus rien pour faire bouillir la marmite. (*Écrivant.*) « A monsieur Corisandre. C'est donc pour « vous dire que votre infortuné filleul, prénommé « Tibulle, vient d'être complétement privé de la « clarté du soleil, à force de regarder un trou « qui s'était fait à la lune ; ce jeune invalide de « l'astronomie n'a plus d'autre ressource que « d'entrer aux Quinze-Vingts... mais, on lui de-« mande un trousseau, et trois cents francs payés « d'avance. » (*S'interrompant.*) Le trousseau, c'est pour être troussé un peu mieux que je ne suis. (*Il montre son costume.*) Et les trois cents francs, pour que les gardes du commerce ne se mettent pas à mes trousses... (*Par inspiration.*) Ah ! (*Écrivant.*) « Il lui faudrait aussi un bâton « pour se conduire ; soyez assez humain pour lui « envoyer votre canne à pomme d'or .. et il pas-

« sera le reste de sa vie à prier le ciel de con-« server les paupières à son parrain. » (*S'interrompant.*) Mais, j'y pense !.. je suis aveugle... je ne peux pas écrire... (*Par inspiration.*) Ah ! (*Il écrit.*) « Pour monsieur Tibulle aveugle, femme Mistenflute, portière de la maison... » (*Tout en pliant la lettre.*) Impossible qu'il ne s'attendrisse pas en m'entendant lui dire : pauvre aveugle, s'il vous plaît ! (*Il s'est levé.*)

Air du *Fleuve de la vie.*

Je ne serai plus dans la panne,
Si mon parrain m'envoie encor
Des fonds, des habits, plus sa canne,
Sa riche canne à pomme d'or !
O mon parrain, généreux homme,
Si tu m'accables de bienfaits,
Je garderai ta canne, mais,
Je mangerai la pomme.

Et, maintenant, l'adresse. (*Assis, écrivant.*) « A M. Corisandre, gros propriétaire, et membre du conseil de salubrité à Saint-Mandé !.. » (*On entend au dehors un air de galop.*) Tiens, voilà qu'ils se mettent à gigotter au Prado ! comme c'est agréable d'avoir un bal public sous sa croisée, dans la ruelle de son lit !.. et la nuit de mi-carême ! (*Il se lève.*) Si par ce toit je m'en allais danser avec eux ! dans ce costume, je n'aurais rien à déposer au vestiaire... mais, je n'ai pas le cœur... c'est-à-dire : je n'ai pas l'estomac à la danse.

VOIX, *en dehors, au loin.* Marchand d'habits !..

TIBULLE. La voix de mon banquier !.. (*Ouvrant la fenêtre.* Tiens, il est matinal, aujourd'hui. (*Aplant.*) Pstt ! pstt !

LA VOIX, *se rapprochant.* Marchand d'habits !..

TIBULLE, *au marchand.* Attendez !.. (*A lui-même, et cherchant.*) Qu'est-ce que je pourrais bien lui repasser ! parbleu ! tout ce qui me reste, cette vieille paire de bottes... mais, comment descendre ? ah !.. (*Il prend une longue ficelle qu'il passe dans les tirants des bottes et descend le tout par la fenêtre.*)

LA VOIX. Marchand d'habits !

TIBULLE. Il s'impatiente ! (*Criant par la fenêtre.*) Gare là-dessous !.. bon !.. voilà qu'il saute et qu'il attrape les semelles ! (*Criant.*) Prenez garde de les abimer !.. oui... hein ? vous dites qu'il manque un tirant ? mais tant mieux ! (*Au public.*) Moins les bottes ont de tirants, et plus elles sont heureuses.

LA VOIX. Ça vaut vingt sous.

TIBULLE, *au marchand.* Vingt sous !.. voleur !.. mais remarquez donc que je ne les ai jamais portées. (*A lui-même.*) Au fait, puisque c'est elles qui me portaient.

LA VOIX. Vingt sous !..

TIBULLE. Trente sous !..

LA VOIX. Vingt sous !..

TIBULLE, *remontant la ficelle.* Allez vous promener !

LA VOIX, *au loin.* Marchand d'habits !..

TIBULLE, *redescendant la ficelle.* Ah ! mais c'est qu'il y a va, se promener !.. (*Appelant.*) Pstt !.. (*A lui-même.*) Pourtant, je ne peux pas déjeuner avec des bottes... à moins que ce ne soient des bottes de radis ou d'asperges...

LA VOIX. Ça y est.

TIBULLE. Très-bien ! remettez les vingt sous à la portière, et dites-lui qu'elle me monte deux beafteacks, trois pieds de veau, un pain, du beurre frais et du vin à discrétion... (*Quittant la fenêtre, à lui-même.*) Ah ! le bon petit déjeuner que je vais faire !.. il y a quinze jours que je ne bois que des tisanes préparées par la mère Mistenflûte... Quelle brave femme ! dire que, malgré les quatre francs cinquante centimes que je lui dois, elle m'a soigné pendant toute ma maladie... des looks, des potions de toute espèce que je trouvais à chaque instant, là, sur ma table de nuit... j'ai idée qu'elle a pour moi une passion malheureuse... ah ! ma foi tant pis, la pauvre vieille ; car on la rosserait, que je ne me ferais pas assommer pour la défendre. Ah ! ça n'est pas comme ce joli petit trognon de femme que j'ai rencontré sur le boulevard du Pont-aux-Choux ! aussi, voilà ce que c'est qu'une petite femme qui s'attarde ! des chenapans l'accostent... elle les repousse ; je veux la défendre, ils me le défendent et me bousculent... voilà une bataille. Je suis assommé... la jeune fille veut me défendre à son tour... mais, pas moyen !.. ils étaient quatre à me tambouriner... je peux même dire que c'étaient des tambours-maîtres... ils en savaient jouer ! et quand je suis revenu à moi, la jeune fille était partie, partie, sans seulement me laisser un gros sou (*Il porte la main à son front.*) pour aplatir mes bosses.

> Air : *La famille de l'apothicaire.*
>
> Elle aurait dû se rappeler,
> Que dans cette affreuse querelle,
> Sans trembler et sans reculer
> Je me fis bosseler pour elle.
> Pourtant, pas un mot d'amitié !..
> Et pour mes bosses, ma parole,
> Elle n'a pas eu plus de pitié
> Qu'on n'aurait pour un' casserole.

LA MÈRE MISTENFLUTE, *en dehors.* Peut-on entrer ?

TIBULLE. Une voix de femme ! (*Il s'enveloppe d'une couverture.*) Un instant !.. là, maintenant, entrez, beau sexe !

SCÈNE II.

TIBULLE, LA MÈRE MISTENFLUTE (4).

TIBULLE. Tiens ! c'est la mère Mistenflûte !

LA MÈRE MISTENFLUTE. Ah ! Dieu de Dieu, l'horreur !.. quèque c'est donc que ce costume-là ?

TIBULLE. Costume arabe !.. déshabillé du matin, dernier numéro du *Journal des Modes.*

LA MÈRE MISTENFLUTE. Peut-on s' vêtir si peu que ça !

TIBULLE. Eh bien ! qu'est-ce que je vois ? vous ne m'apportez pas à déjeuner ?

LA MÈRE MISTENFLUTE, *qui a des papiers à la main.* Si fait ! si fait !.. le voilà vot' déjeuner...

TIBULLE, *indiquant les papiers.* La dedans ?.. c'est donc des côtelettes en papillotes ?

LA MÈRE MISTENFLUTE, *lui donnant les papiers.* Mangez !.. (*Se reprenant.*) Je veux dire, lisez.

TIBULLE, *qui lit des yeux.* Des assignations ! des projets !.. Diable ! mais voilà aussi un commandement ! bigre ! ça chauffe, saisie, contrainte par corps, et le tout à la requête du sieur Roustoubique, huissier, rue des Singes, numéro vingt-singe... (*Se reprenant.*) Non, vingt-cinq...

LA MÈRE MISTENFLUTE. Ça ne vous fait pas rire, hein ?

TIBULLE, *lisant des yeux.* « Et j'ai laissé copie à la portière, laquelle a déclaré ne savoir signer. »

LA MÈRE MISTENFLUTE. Ne savoir signer !.. Dieu merci, je sais écrire en petit fin, et en grosse bâtarde.

4 T. M.

TIBULLE, *avec intention et dignité.* Bâtarde?.. est-ce que par hasard votre famille?

LA MÈRE MISTENFLUTE. Ma famille... elle s'est imposé les plus grands sacrifices.... elle a dépensé trente francs pour mon éducation, sans compter la bûche pour l'école, vous ne me croyez peut-être pas?

TIBULLE. Si fait, si fait, je crois à la bûche; mais reparlons d'autre chose : mon déjeuner?

LA MÈRE MISTENFLUTE. Quel déjeuner?

TIBULLE. Celui que vous deviez me faire avec les vingt sous de mes vieilles bottes.

LA MÈRE MISTENFLUTE. Vos vingt sous, mais, je les garde comme à-compte sur les quatre francs cinquante centimes que vous m'êtes redevable. (*Lui présentant un papier.*) et voici ma quittance... reçu de M. Tibulle, gastronôme...

TIBULLE, *lui arrachant le reçu.* Gastronome!..

LA MÈRE MISTENFLUTE, *se reprenant.* Astronôme!..

TIBULLE. Gastronome! quand au lieu de mon déjeuner, vous m'apportez une quittance!

LA MÈRE MISTENFLUTE.

Air : *Qu'il est flatteur d'épouser celle,* etc.

> Mais, les droits d'une créancière...

TIBULLE.

> Vos droits sont des droits inhumains,
> Car il est défendu, ma chère,
> De se rembourser par ses mains.

LA MÈRE MISTENFLUTE.

> N'avez-vous pas votre quittance?

TIBULLE.

> Croyez-vous, femme d'un vieux portier,
> Que je puisse, en convalescence,
> Déjeuner avec du papier ?

LA MÈRE MISTENFLUTE. Vous êtes difficile... du papier ous qu'il y a eu du beurre dedans.

TIBULLE, *avec dédain.* Hein?.. (*Il jette la quittance.*) Voyons, voyons, mère Mistenflute, pas de mauvaise farce! donnez-moi à déjeuner, ou je vous grignotte!

LA MÈRE MISTENFLUTE, *reculant.* Antropotage!

TIBULLE. Est-ce bien vous qui me traitez du haut en bas! vous, qui, pendant que je gisais sur ce lit de souffrance, m'avez entouré de soins maternels et d'une intéressante famille de sangsues!

LA MÈRE MISTENFLUTE. Moi, voilà la première fois que je m'échigne à monter vot' cintième, depuis quinze jours!

TIBULLE. Vous dissimulez votre bienfaisance!

LA MÈRE MISTENFLUTE. Comment ?

TIBULLE. Ces looks... ces tisanes que, tous les matins, en me réveillant...

LA MÈRE MISTENFLUTE. Vous avez rêvé ça... vous êtes fou, depuis quinze jours personne n'est monté dans vot' chambre, pas même le porteur d'eau!

TIBULLE. Quoi!.. j'aurais rêvé, mais non !..

LA MÈRE MISTENFLUTE. Mais si, jeune homme, si!.. bien sûr, la tête vous tourne. Du reste, c'est pas étonnant avec votre état... toujours la tête dans les nuages... occupé à regarder le soleil ou la lune par un trou de lunette... on devient lunatique, et on finit par être toqué...

TIBULLE. Toqué!.. toqué!..

LA MÈRE MISTENFLUTE. Et puis, on fait des dettes criardes, on ne paie pas quatre francs dix sous qu'on doit à sa portière, et, toute sa vie, on loge le diable dans sa bourse, car, il faut en convenir, il y a longtemps que vous le tirez par la queue.

TIBULLE. Comment, je tire le diable par la queue! (*Comprenant, et riant.*) Ah! oui, oui, c'est vrai, je n'ai fait que ça toute ma vie...

LA MÈRE MISTENFLUTE. Mais, malheureusement, vous n'avez pas tiré assez fort?

TIBULLE. Je n'ai pas tiré assez fort!..

LA MÈRE MISTENFLUTE. Non, jeune homme... car, comme on dit, elle vous serait restée à la main, et vous seriez très-heureux au jour d'aujourd'hui.

TIBULLE. Allons donc, portière, est-ce que vous croiriez au diable?

LA MÈRE MISTENFLUTE. Je n'en sais rien au juste... c'est trop compliqué pour moi; mais comparaison, c'est raison, et, je me suis laissé conter, que quand on tire le diable par la queue, si on ne se tire pas de peine, c'est qu'on a tiré trop doucement, sans quoi, on la lui aurait dévissée... et, ma foi, comme il n'en aurait plus, on ne la tirerait plus... et alors on nagerait dans une opulence... infernale!

TIBULLE, *frissonnant.* Brrrou! brrrou! brrrou!.. je ne sais pas si c'est le froid ou la peur... mais laissez-moi tranquille, avec toutes vos bêtises...

LA MÈRE MISTENFLUTE. Des bêtises!.. c'est bon, c'est bon, on s'en va, jeune incrédule.

TIBULLE, *à lui-même.* Elle s'en va! mazette! et mon déjeuner! (*L'arrêtant.*) Portière, je vous trouve charmante... j'ai faim et j'ai soif de vous embrasser...

LA MÈRE MISTENFLUTE, *reculant avec effroi.* Il veut me mordre!..

TIBULLE, *insistant.* Oh! un baiser de femme... et un déjeuner de garçon! (*Elle le repousse.*)

LA MÈRE MISTENFLUTE.

Air de *Zanetta.*

> Respect à votre portière,
> Si vous êtes enragé,
> Par notre propriétaire,
> Je vous fais donner congé!

TIBULLE.

> Je vous respecte, portière,
> Mais, sans en être affligé,
> De votre propriétaire
> Je recevrai le congé!

LA MÈRE MISTENFLUTE.

Respect à votre portière... etc.

(Elle sort.)

SCÈNE III.

TIBULLE, *seul.* Mais si cette vieille portière ne dissimule pas sa passion pour moi, quel est donc l'être mystérieux qui, depuis quinze jours, m'abreuve de tisanes, de cataplasmes et autres chatteries d'apothicaire!.. si c'était mon petit trognon... oh! non, la portière l'aurait vue monter. Il y a bien aussi cette petite blonde que je voyais à sa fenêtre sur le quai aux Fleurs... et puis, cette belle brune avec laquelle j'ai chaloupé au bal du Prado... *(Il essaie de faire un pas de danse et manque de tomber.)* Ah! ah! la chaloupe n'est pas solide... je crois bien!.. une chaloupe si mal ravitaillée... sacristi! j'ai des tiraillements d'estomac... si je me couchais? oui, un proverbe dit : qui dort... déjeune... c'est d'autant plus facile, que je n'ai pas à me déshabiller... *(Il s'étend sur le lit et se couvre.)* Ah! et cette lettre que j'ai oublié de lui donner pour mon parrain ! *(Il fait un mouvement pour se relever.)* S'il ne m'envoyait pas d'argent, je serais obligé, comme elle disait, de tirer encore le diable par la... *(Se remettant sur son lit.)* Non... la tête me tourne... je suis trop faible !.. plus tard... mais, qu'elle est bête cette vieille avec son histoire de queue du diable qu'il faut tirer très-fort si on veut réussir... Ah! bah ! des superstitions. Tiens, voilà qui est farce, mes paupières baissent leurs jalousies, et j'entends comme une grosse voix qui me crie... qui est-ce qui crie donc comme ça?.. Imbécile!.. c'est mon estomac!..

Air : *Change-moi, Brahma* (La Chatte métamorphosée).

Rêv's appétissants
Et nourrissants,
Je vous implore !
Ah! venez, enfin,
Tromper ma faim...
Ou je dévore

(Se retournant comme pour mordre.)

Mon traversin.

Quand je rêve beafsteack,
Bordeaux, Madère sec,
Saumons, dindons, moutons
Et marmitons...
Puissé-je, nuit et jour,
Gonflé comme un tambour,
Me croire, dans le four,
Du grand Véfour !..

(Il s'endort, une porte s'ouvre dans la muraille, on en voit sortir trois jeunes filles.)

SCÈNE IV.

TIBULLE *dormant*, NICHETTE, FRANCINE, ZOÉ (1).

(L'orchestre continue l'air précédent, Nichette s'avance avec une paire de bottes qu'elle dépose à quelques pas du lit de Tibulle; Francine suspend à un porte-manteau un paletot et un pantalon; Zoé dépose une volaille et une bouteille de vin sur la table. Pendant la scène suivante, cette table doit rester masquée par le porte-manteau. Cela terminé, les jeunes filles, qui ont été souvent interrompues par le sommeil agité de Tibulle, mais sans qu'aucune d'elles ait prononcé un mot, se sauvent précipitamment et tout effrayées, en entendant Tibulle dire :)

TIBULLE, *redisant en rêve la fin du premier couplet.* « Mon traversin. » *(Les jeunes filles disparaissent par la même porte secrète qui leur a servi d'entrée.)*

SCÈNE V.

TIBULLE, *toujours endormi, puis* UN INCONNU.

TIBULLE *continuant de rêver.* Mère Misteuflûte, mère Mistenflûte!.. *(Ici un inconnu masqué et vêtu en singe paraît en courant sur le toit, et se laisse tomber précipitamment par la croisée, dans la chambre de Tibulle.)*

L'INCONNU, *relevant son masque.* Je leur ai échappé!.. Ah! je n'en peux plus. Quelle course aérienne ! ce que c'est aussi que d'aller faire des singeries au bal masqué du Prado!.. heureusement que le violon où ils m'avaient fourré était un grenier qui donnait sur les toits, et qu'en ma qualité de sapajou, j'ai pu grimper jusqu'ici...

TIBULLE *rêvant.* Ah! je l'arracherai, je l'arracherai !

L'INCONNU. Ciel ! la chambre est habitée.. *(S'approchant du lit.)* un homme qui dort !

TIBULLE, *rêvant.* Attends! attends!..

L'INCONNU. Et il rêve!..

TIBULLE *gesticulant.* Attends, que je l'arrache!

L'INCONNU *se retournant comme pour fuir.* Qu'est-ce qu'il veut arracher?

TIBULLE *de même.* Ah! je la tiens! *(Il vient de saisir par sa queue de singe qui est très-longue, l'inconnu dont la queue se trouvait à la portée de la main de Tibulle, dont le lit est très-bas.)*

L'INCONNU, *effrayé.* Mais, c'est ma queue de singe qu'il tient !

TIBULLE, *de même.* Je la tiens, je la tiens!

L'INCONNU, *à Tibulle.* Voulez-vous bien!.. *(Parlant de la porte de sortie à gauche de l'acteur.)* Ah! cette porte!.. *(Dans le mouvement qu'il fait*

1 N. Z. F.

pour fuir, sa queue reste à la main de Tibulle qui, dans son cauchemar la serrait avec force ; l'inconnu s'est élancé par la porte.)

SCÈNE VI.

TIBULLE seul, se réveillant. Hein?... quoi? quest-ce que c'est? Imbécile ! j'avais le cauchemar.... Je rêvais qu'à force de tirer le diable par la queue... Peut-on être bête comme ça ! c'est pourtant cette vieille crétine de portière avec ses histoires de l'autre monde... Allons, allons, réveillons nous ! (Il porte à ses yeux, comme pour les frotter, sa main dans laquelle est encore la queue de singe; l'apercevant avec effroi.) Qu'est-ce que c'est que ça?.. Ah! mon Dieu !.. mais non c'est pas possible... (Il s'est levé ; riant.) c'est quelque farce... (Devenant plus sérieux.) Une farce?.. (Par réflexion.) Mais!... Ah ça, c'était-il un rêve, ou une réalité? Oui, oui bien sûr, c'était un rêve... et peut-être même que je rêve encore... ça s'est vu, des gens qui rêvaient tout éveillés... (Avec surprise et sans oser s'approcher des objets dont il parle.) pourtant, je distingue là, devant moi, quelque chose, comme une paire de bottes... et, c'est impossible... puisque j'ai vendu les miennes! et puis, je crois voir aussi, accroché à ce porte-manteau... un pantalon, un paletot... je parie que si j'y touche, ils vont s'évanouir... (Il s'avance avec crainte vers le pantalon et le paletot, et en les touchant il s'y cramponne en quelque sorte.) Ah! mais non, ils ne s'évanouissent pas... et, c'est moi, qui suis près de m'évanouir... de contentement d'abord, et de saisissement ensuite... Bah! et pourquoi donc que j'aurais peur?.. pourquoi donc?.. Ah! ma foi, que je doive tout ça à ce bienheureux talisman... (Il désigne la queue.) ou, que je le doive à l'amour discret et volcanique d'une portière, je m'en bats les cils de l'œil!.. (Il s'habille.)

Air de la Chanoinesse.

C'est miraculeux!
C'est merveilleux!
Un diable charitable
Vient combler, gratis,
Un pauvre diable,
De bottes et d'habits.
J'ai pu croire que je rêvais!
Des bottes fines et légères,
(Il les met.)
A moi, chétif, qui ne pouvais,
Sortir qu'en chaussons de lisières!
C'est miraculeux, etc.
Ce pantalon, m'était bien dû,
Il me rend un service insigne ;
Car, pour sortir, il m'eût fallu
M'habiller de feuilles de vigne.
(Il met le pantalon.)
C'est miraculeux, etc.

C'est que ces bottes me vont comme des bas de soie... et ce paletot va m'aller comme un gant..... Oui, l'extérieur va être remis à neuf, mais l'intérieur est bien délabré!... Je me sens une soif de beafteacks et une pépie de pieds de mouton... Ah! pourquoi mon bon diable, qui doit être en même temps tailleur et bottier, n'est-il pas aussi quelque peu restaurateur!... (En parlant, il s'est approché de la table, sur laquelle était le paletot qu'il vient de prendre: apercevant la table.) Dieu!.... ciel!... diable!... non, Providence!... un poulet!du pain! du vin!... Oh! qui que tu sois, démon, ange ou portière, tu peux te flatter de faire joliment les choses!... (Il met le paletot.)

Air : Amis, voici la riante semaine.

Habit complet, bottes, table servie...
A mes désirs, je peux donner l'essor,
Heureux Tibulle, en ce jour, la magie
A promené sur moi son sceptre d'or.
(Il s'est mis à table et découpant.)
De ce poulet, la chair me paraît tendre,
Pour le rôti, l'enfer, quel bon endroit !
(Y goûtant.)
Hein? il est froid!.. mais j'ai peine à comprendre
Que de l'enfer il sorte un poulet froid!

SCÈNE VII.

TIBULLE, LA MÈRE MISTENFLUTE, entrant tout effarée.

LA MÈRE MISTENFLUTE. Eh bien, vous déjeunez là tranquillement, vous! mais vous ne savez donc pas ce qui se passe dans la maison?

TIBULLE. Calmez-vous, femme Mistenflûte!

LA MÈRE MISTENFLUTE. Que je me calme, quand tout à l'heure, pendant que je balayais l'escalier du deuxième, le diable m'a sauté par-dessus la tête!...

TIBULLE, souriant. Le diable?

LA MÈRE MISTENFLUTE. Mon bonnet n'est pas roussi?

TIBULLE. Allons donc! vous êtes folle!

LA MÈRE MISTENFLUTE. C'est vrai... je suis folle de frayeur, je suis sûre que je suis effrayante.... Ah! jeune homme, moi qui ne voulais pas y croire! on a bien raison de dire qu'on est puni par où qu'on pèche..... Je l'ai vu, je vous dis, mais vu comme je vous vois... il avait de la flamme qui lui sortait de la tête.... et que ça infectionnait le soufre.

TIBULLE, qui se lève, à lui-même, commençant à s'effrayer. Ah! ah! (A la mère Mistenflûte.) Écoutez, je ne crois pas... je ne croirai jamais... (Confidentiellement.) Mais, voyons, sa queue.... avait-il une queue?

LA MÈRE MISTENFLUTE. Je ne l'ai pas regardé de

ce côté-là, Monsieur, j'étais trop émotionnée pour l'envisager sous toutes ses faces.

TIBULLE. Alors, des bêtises! voulez-vous que je vous dise? c'est une histoire, un conte que vous me faites pour vous soustraire aux éclats de ma reconnaissance.

LA MÈRE MISTENFLUTE. Moi!

TIBULLE. Mais vous avez beau vous en défendre, c'est vous, oui, c'est vous, être fantastique et sensible, qui m'avez fait cadeau de cette paire de bottes...

LA MÈRE MISTENFLUTE. Moi?

TIBULLE. Qui m'avez donné ce pantalon.

LA MÈRE MISTENFLUTE. Moi?

TIBULLE. Ce déjeuner...

LA MÈRE MISTENFLUTE. Moi!... (Avec dignité.) Est-ce que je suis une femme à en donner aux hommes?

TIBULLE, avec enthousiasme. Noble fierté! sublime délicatesse!... mais je ne serai pas moins généreux que vous, et je vous embrasserai pour la peine.

LA MÈRE MISTENFLUTE. Voulez-vous bien me laisser tranquille?

TIBULLE, insistant pour l'embrasser. Non, il ne sera pas dit que vous vous serez sacrifiée, et moi pas!....

LA MÈRE MISTENFLUTE. Finirez-vous?

TIBULLE, de même. Je dois me sacrifier aussi.

LA MÈRE MISTENFLUTE. Ah! à la fin finale, finissez, ou je tape. (On frappe en dehors.)

UNE VOIX, en dehors. Ouvrez!

TIBULLE, à lui-même. Qui est-ce qui se permet? (Les coups redoublent à l'extérieur.)

LA VOIX. Au nom de la loi, ouvrez...

LA MÈRE MISTENFLUTE, à Tibulle. Ah! ça m'avait évaporé de la mémoire! Oui, c'est des gardes du commerce qui rôdent depuis ce matin...

TIBULLE. Pour m'arrêter?

LA VOIX. La résistance est inutile, et le fiacre est en bas.

TIBULLE. Merci! la voiture me fait mal. (Il a ouvert la petite fenêtre qui donne sur le toit, et il l'escalade en emportant le poulet, le pain, le vin et la queue du singe qu'il avait jetée sur son lit.)

LA MÈRE MISTENFLUTE. Eh bien! que fait-il?

TIBULLE. Mère Mistenflute, mes civilités respectueuses à ces messieurs... Ah! j'oubliais ma lettre à mon parrain; rendez-moi le service de la jeter à la poste!

LA MÈRE MISTENFLUTE. Mais, Monsieur... (Allant à la porte qu'on enfonce.) Mais, Messieurs...

TIBULLE. Ils cassent la porte! chaud, chaud, décampons... je me sauve sur le toit. (La porte s'ouvre, les recors entrent.)

SCÈNE VIII.

LES MÊMES, RECORS.

LA MÈRE MISTENFLUTE. Il était temps!

UN DES RECORS. Le nommé Tibulle Camusot, astronome.

TIBULLE, près de disparaître. Astronome.... voilà! et dans l'exercice de mes fonctions...

LE RECORS. Descendez.... ou je vous fais poursuivre!...

TIBULLE. Bravo! la course au clocher sur les toits; ça me va tout à fait...

TOUS LES RECORS. Descendez!..

TIBULLE. Bonjour à votre épicier.

CHŒUR.

C'est en vain que l'on nous résiste,
Dans les greniers tout comme ailleurs,
Nous savons bien trouver la piste
De nos plus mauvais débiteurs.

(Les recors se disposent à suivre Tibulle qui referme la fenêtre sur eux et disparaît.)

FIN DU PREMIER ACTE.

ACTE DEUXIÈME.

Le théâtre est séparé en deux; à gauche de l'acteur, une partie de la chambre de Tibulle où s'est passé le premier acte; à droite, une chambre de jeunes filles servant de magasin; à gauche, toujours chez les jeunes filles, une cheminée; au fond, une fenêtre; et à côté, la poste conduisant au dehors; entre cette porte et la fenêtre, un paravent.

SCÈNE PREMIÈRE.

MADAME MISTENFLUTE ET LES RECORS, dans la chambre de Tibulle. FRANCINE, ZOÉ, NICHETTE, dans la chambre voisine (1).

MADAME MISTENFLUTE. Le voyez-vous encore?

UN RECORS. Il vient de disparaître derrière la cheminée.

† F. Z. N. M.

NICHETTE, qui écoutait à la porte de communication. Sauvé!

TOUTES. Quel bonheur!

MADAME MISTENFLUTE. Eh bien! vous ne le suivez pas?

LE RECORS. Sur les toits?.. merci... mieux vaut cerner la rue... Venez, vous autres... (Ils sortent.)

MADAME MISTENFLUTE. Quel chat que ce monsieur Tibulle! (Elle retourne à la fenêtre.)

NICHETTE. Ah! mon Dieu! si maintenant il allait dégringoler! courons à son secours.

ZOÉ. Tu veux le suivre sur les toits?.. ça ne serait pas convenable... il échappe aux huissiers, c'est le principal. Reprenons nos places et notre conversation de tout à l'heure. (*Elles s'asseyent et travaillent.*)

NICHETTE, *à part.* Je suis d'une inquiétude...

FRANCINE, *à Nichette.* Et tu nous disais que ce M. Corisandre, le parrain de Tibulle, t'a fait la cour?

NICHETTE. Mon Dieu! oui... quand il a été nommé membre du conseil de salubrité à Saint-Mandé, où il a sa campagne, est-ce qu'il ne m'a pas proposé d'y aller avec lui!

ZOÉ ET FRANCINE. Par exemple!

MADAME MISTENFLUTE, *toujours à la fenêtre.* Je ne le vois plus du tout, du tout.

NICHETTE. Si je l'avais voulu, je serais aujourd'hui madame Corisandre,

ZOÉ. Tu n'aurais pas fait là un si mauvais rêve, on dit qu'il est très-capitaliste, le parrain de notre jeune protégé.

NICHETTE. Certainement, il a plus de dix mille livres de rente.

MADAME MISTENFLUTE. Ma foi, s'il se casse le cou, tant pis. (*Elle sort.*)

ZOÉ. Vivent les vieux! c'est comme mon adorateur, ton huissier, M. Roustoubique... Et tiens! ça me rappelle qu'hier j'ai fait une trouvaille chez lui.

TOUTES. Une trouvaille?

ZOÉ. Oui, j'étais seule dans l'étude... et pour me distraire, j'allais de place en place, ouvrant les cartons, visitant les dossiers, lorsque je découvris dans un tiroir le petit paquet de lettres que voici.

TOUTES. Des lettres?

ZOÉ. Oui des lettres d'amour écrites, par défunte madame Roustoubique, devinez à qui?

NICHETTE. Dame!..

ZOÉ. Au maître clerc de ce pauvre Roustoubique...

FRANCINE. Ah! bah!

ZOÉ, *tirant de sa poche le paquet de lettres.* Regardez plutôt. (*Lisant.*) « A Monsieur Colimaçon, premier clerc chez Monsieur Roustoubique. » Et pour signature, « Suzanne. »

TOUTES, *riant.* Ah! ah! ah!

FRANCINE.

Air du *Château perdu.*

Il paraîtrait que Suzanne fut tendre

NICHETTE.

Pour un mari quelle terrible leçon!

FRANCINE.

Ce pauvre huissier! voilà c' que c'est que d' prendre
Un premier clerc nommé Colimaçon!

ZOÉ.

Puisque Suzanne, épouse peu pudique,
Se conduisit d'un' si vilain' façon,

Colimaçon d'vrait s'appeler Roustoubique,
Et Roustoubiqu' s'app'ler Colimaçon.

(*Elles se lèvent.*)

NICHETTE. Mais tout cela ne dit pas...

ZOÉ. Non, mais les lettres disent bien assez : Voulez-vous que je vous en lise une?

NICHETTE. A quoi bon?

FRANCINE. Des billets doux... on sait ce que c'est... hélas! j'en suis assommée depuis que M. Grattemboul, un vieux qui professe à l'Observatoire, s'est mis en tête de m'en écrire six par semaine. Heureusement qu'il a soin d'affranchir.

NICHETTE. Mais qu'allons-nous lui dire quand il nous redemandera ce pantalon et ce paletot qu'ils nous avait confiés!

ZOÉ. S'il pouvait se douter que son pantalon et son paletot courent sur les toits... eh bien que fais-tu donc, Nichette?

NICHETTE, *qui regardait à la porte de communication.* Je regardais s'il ne rentrait pas... je tremble qu'il ne lui arrive un malheur.

ZOÉ. Ah çà, mesdemoiselles Nichette et Francine expliquons-nous, s'il vous plaît... associées d'amitié et de commerce, confectionneuses à la *Belle Jardinière*, il parait que nous nous sommes associées encore de passion. Nous étions toutes les trois sur le point d'épouser des vieux qui ne nous plaisaient guère, quand le même jeune être alluma dans nos trois cœurs une flamme collective; certes, ce n'est pas sa beauté qui nous a séduites, mais un petit je ne sais quoi... bref, Francine l'avait vu passer plusieurs fois sous ses fenêtres, il avait exposé ses jours pour défendre Nichette, et moi je l'avais rencontré au bal du Prado, où nous avions cancané ensemble.

NICHETTE. Faire des cancans, ça n'est pas bien.

ZOÉ, *modestement.* Non, nous n'en avons pas fait, (*Gaiement.*) nous en avons dansé, Passons!.. le hasard voulut que nous nous fissions confidence de cette trilogie d'amour; que l'objet aimé fût blessé pour toi, et qu'enfin, en cherchant où pouvait conduire cette porte scellée dans le mur, nous nous trouvâmes chez l'objet de notre triple passion (1).

NICHETTE. Et c'est d'autant plus singulier que les deux maisons sont étrangères l'une à l'autre.

ZOÉ. Oui, mais adossées l'une à l'autre... ce qui est beaucoup moins singulier.

NICHETTE. La nôtre donnent sur le quai aux Fleurs, et la sienne sur le Palais de Justice.

FRANCINE. Bref!.. ça nous a permis de protéger mystérieusement notre jeune inconnu.

ZOÉ. Mais enfin le voilà rétabli, et comme nous ne pouvons pas l'épouser toutes les trois, je propose de le tirer au doigt mouillé.

FRANCINE. Ou à la courte-paille.

1 F. N. Z.

NICHETTE. Il ne nous manquerait plus que de le jouer aux cartes.

ZOÉ. Ca y est.

NICHETTE. Et qui vous dit qu'il ait jamais songé à se marier avec l'une de nous!

ZOÉ, *gaiement.* Ah! bien! je l'y ferai songer moi... comment, des femmes qui l'ont blanchi... (*Elle range sur la table de travail.*)

FRANCINE. Habillé...

ZOÉ. Nourri...

NICHETTE. Etait-ce donc par intérêt?

> Air : *Berthe, croyez-moi* (Piano de Berthe).
> Pour l'une de nous son cœur parlera ;
> Pourquoi ne s'est-il prononcé déjà !
> Cette longue attente est bien douloureuse,
> Un seul mot d'amour rendrait si joyeuse
>   Celle qu'il prendra. (*Bis.*)

> FRANCINE.
> Puisqu'à son secours
> Nous volons toujours...
> Et s'il n'a qu'un cœur pour nos trois amours...
> Sans ambition, soyons charitables
> Et sans intérêt, sans désirs coupables,
>   Aimons-le toujours. (*Bis.*)

> ZOÉ, *prenant le milieu.*
> Et si pour une autre il ressent déjà
> L'amour que pour lui nous ressentons là ;
> Qu'il ne forme pas d'espérances vaines,
> Alors son bonheur, de toutes nos peines
>   Nous consolera. (*Bis.*)
>   (*On sonne.*)

ZOÉ. Oh! je reconnais ce coup de sonnette... c'est mon huissier! Laissez-moi le recevoir. (*Francine et Nichette rentrent dans l'intérieur de l'appartement, par la porte à droite.*)

SCÈNE II.

ZOÉ, ROUSTOUBIQUE.

ZOÉ, *ouvrant à Roustoubique.* Tiens! c'est vous monsieur Roustoubique.

ROUSTOUBIQUE. Bonjour, bonjour, mon adorée, vous êtes seule?

ZOÉ. Pouvez-vous le penser!.. vous recevoir en tête-à-tête. (*A part.*) et avec cette tête-là ! (*Haut.*) Ces demoiselles sont ci-incluses.

ROUSTOUBIQUE. Vous me croyez donc dangereux?

ZOÉ. Mais, franchement, qu'en pensez-vous?

ROUSTOUBIQUE. Eh bien! franchement, c'est l'avis général... tout le monde me trouve dangereux. Je ne vous parle pas des débiteurs, ceux-là je les terrifie, je les épouvante... mais le beau sexe lui-même... prétend que je lui fais peur.

ZOÉ, *à part, gaiement.* Je le crois bien.

ROUSTOUBIQUE. Et cependant ce ne peut être la crainte (*Appuyant.*) des prises de corps... (*Il*

1 Z. R.

fait le geste de lui prendre la taille.*) Je suis trop moral....

ZOÉ. Monsieur Roustoubique!.. ce calembour.

ROUSTOUBIQUE. C'est un calembour d'huissier. C'est comme cela que j'en faisais jadis à madame Roustoubique.

ZOÉ. Ah! vous lui faisiez des calembourgs? et que vous faisait-elle, elle?

ROUSTOUBIQUE. Elle me faisait des mamours. Pauvre Suzanne!.. morte en 1848!.. quelle fidélité!..

> Air de la *Petite sœur.*
> Elle était sage avec excès,
> Plus sage encor qu'une vestale!
> C'était une âme virginale!..
> Aussi le jour de son décès,
> Fut le décès de la morale.
> Sur sa tombe l'on a sculpté :
> « Ci-gît madame Roustoubique,
> « Qui mourut de fidélité,
> « L'an premier de la République! »

ZOÉ, *à part.* S'il se doutait! (*Haut.*) Ah çà, est-ce que c'est pour me parler de la fidélité défunte de votre épouse que vous êtes venu!..

ROUSTOUBIQUE. Non, non, c'est pour vous dire que j'attends ici mon garde du commerce qui doit me prévenir aussitôt qu'il aura capturé un nommé Tibulle.

ZOÉ. Hein?

ROUSTOUBIQUE. Oui, j'ai sur moi les pièces... j'étais si pressé de vous dire bonjour!.. (*Il lui baise la main.*) mais aussitôt que M. Tibulle sera appréhendé...

ZOÉ. Ah! mon Dieu!

ROUSTOUBIQUE. Qu'avez-vous, chère amie?

ZOÉ. Moi... rien.

ROUSTOUBIQUE. Je croyais que vous aviez dit : Ah! mon Dieu!

ZOÉ. C'est possible... oui... un souvenir, une commission... laissez-moi, il faut que je sorte.

ROUSTOUBIQUE. Sortir?

ZOÉ. Oh! pour un instant...

ROUSTOUBIQUE (1). En ce cas je vous accompagnerai...

ZOÉ. Non... je reste.

ROUSTOUBIQUE. Ah! alors nous resterons ensemble.

ZOÉ, *à part.* Du tout! du tout!

> ROUSTOUBIQUE.
> Air : *Enfin, c'en est fait, me voilà donc nourrice.*
> Quand vous m'accordez un charmant tête-à-tête.
>   M'éloigner... non, pas si bête,
>   Dût mon débiteur battre en retraite,
>   Aujourd'hui
>   Je reste ici.

1 Z. R.

zoé, à part.
Comment faire, hélas !
Pour prévenir ces demoiselles?
Il ne s'en va pas !

ROUSTOUBIQUE.
Ma belle est la belle des belles,
Je veux l'embrasser...

ZOÉ.
Monsieur, voulez-vous me laisser !

ROUSTOUBIQUE.
Cependant un baiser
Ne peut se refuser.

ENSEMBLE.
Je veux l'obtenir de ta bouche jolie,
Cède à mes vœux, chère amie.
Rien qu'un seul baiser, je t'en supplie,
Ton époux
Est à genoux.

ZOÉ.
Vouloir m'embrasser c'est une perfidie,
Finissez, je vous en prie,
Si vous persistez, mort de ma vie !
Jamais
Vous n' serez mon époux.

(*Pendant cet ensemble Roustoubique poursuit Zoé et finit par l'embrasser au moment où Tibulle tombe lourdement par la cheminée.*)

SCÈNE IV.

LES MÊMES, TIBULLE, *la figure légèrement noircie.*

TIBULLE , *voyant Roustoubique embrasser Zoé* (1). Ne vous dérangez pas... je connais ça...

zoé, *l'apercevant*. Ah! (*Elle rentre précipitamment dans la chambre à droite.*)

ROUSTOUBIQUE. Quel est ce monsieur qui tombe des nues?

SCÈNE V.

ROUSTOUBIQUE, TIBULLE.

TIBULLE, *qui est allé à une glace, et s'essuyant la figure*. Vous permettez, Monsieur... après un voyage... et surtout un voyage en cheminée...

ROUSTOUBIQUE. Eh bien ! il fait sa toilette.

TIBULLE. Vous n'auriez pas une brosse?

ROUSTOUBIQUE. Ah çà, Monsieur, expliquons-nous... êtes-vous un voleur ou un ramoneur?

TIBULLE. Farceur! (*A part.*) Il n'a pas l'air fort. (*Haut, et visitant la chambre.*) C'est gentil ici... avez-vous beaucoup de loyer? avez-vous des rats?

ROUSTOUBIQUE. Des rats! si vous étiez un chat, je concevrais la question... Mais vous allez me dire à l'instant pourquoi vous vous êtes introduit par la cheminée comme un homme mal élevé.

TIBULLE (2). Bien élevé! trop élevé! (*Changeant*

1 T. G.
2 T. R.

de ton (1). Rien de plus facile... Tel que vous me voyez, je suis aéronaute... tout à l'heure je faisais l'exercice du trapèze sous le ballon de M. Coste, à trois mille quatre cents pieds au-dessus du niveau des tours de Notre-Dame, quand tout à coup, voulant jeter du lest, je me penche, la tête emporte... les pieds, et cric, crac! vous comprenez?

ROUSTOUBIQUE. Oui, oui... je comprends les crac.

TIBULLE.
Air : *Vaudeville de l'héritière.*
Pardonnez-moi si comme un trouble-fête,
J'entre chez vous...

ROUSTOUBIQUE.
Deviez-vous oublier
Que dans une maison honnête
On n'entre pas sans parler au portier.

TIBULLE.
Je ne pouvais m'adresser au portier.
Lorsque du ciel jusqu'ici je chavire,
Vous conviendrez que pendant le trajet
Il m'eût été difficile de dire :
Portier, le cordon, s'il vous plaît?
(*Avec plus de force.*)
Portier, le cordon, s'il vous plaît ?

ROUSTOUBIQUE. Possible... possible! mais si vous ne m'exhibez pas votre patente d'aéronaute ou votre passe-port pour voyager dans les cheminées, j'envoie immédiatement chercher la garde.

TIBULLE. Mais, Monsieur...

ROUSTOUBIQUE. Une fois, deux fois, trois fois, établissez votre identité, ou je crie au voleur.

TIBULLE, *à part*. Ah! ce commandement qu'on m'a signifié ce matin (*Le lui donnant.*) Lisez, vieil incrédule... Tibulle Camusot.

ROUSTOUBIQUE. Comment ! vous seriez...

CAMUSOT. Camusot de père en fils.

ROUSTOUBIQUE. Ah! que c'est heureux!

TIBULLE, *à part*. Sans doute quelque connaissance à papa.

ROUSTOUBIQUE, *qui vient de mettre des lunettes vertes, lisant* : « Tibulle Camusot... »

TIBULLE. Nom connu, n'est-ce pas?

ROUSTOUBIQUE. Oui, fort connu au tribunal de commerce.

TIBULLE. Ah! vous concevez... on est jeune... vous-même, autrefois vous avez dû être jeune... il y a longtemps... vous ne vous en souvenez peut-être plus...

ROUSTOUBIQUE, *piqué*. Monsieur !..

TIBULLE, *comme cherchant le nom de son interlocuteur*. Monsieur?.. Monsieur?..

ROUSTOUBIQUE. Roustoubique.

TIBULLE, *reculant*. Hein? vous dites?

ROUSTOUBIQUE. Roustoubique de père en fils,

1 T. R.
2 R. T.

huissier de première classe, et demeurant rue des
Singes, numéro 25.

TIBULLE. Vingt-Singes! c'était lui!

ROUSTOUBIQUE (1). Ah! ah! jeune homme je
comprends tout maintenant... et votre fuite sur
les toits et votre descente par cette cheminée...
mais cette fois vous ne m'échapperez pas. (Il va
fermer la porte du fond.)

TIBULLE. Aïe! aïe! aïe! je suis pincé.

ROUSTOUBIQUE. Ne vous impatientez pas, le
temps d'ouvrir cette fenêtre et d'appeler un
fiacre.

TIBULLE, à lui-même. Ah! mon Dieu! comment
me tirer de ses griffes!.. (Par inspiration.) Cette
queue... mais non... c'est des bêtises... après
ça... ça ne coûte rien d'essayer... ma foi, essayons! (Il a tiré la queue de sa poche et l'agite
en l'air, pendant qu'à l'orchestre on joue aussi
longtemps qu'il agite la queue, l'air du chœur des
démons de Robert le Diable. Un paquet de lettres
attaché à un fil de fer, qui part de la chambre à
droite, vient tout à coup voltiger devant la figure
de Tibulle, qui s'effraie, s'étonne, hésite.) Hein?
qu'est-ce que c'est que ça? (Il prend les lettres.)

ROUTOUBIQUE, à la fenêtre. Ah! enfin! en voilà
un... cocher, êtes-vous pris?

TIBULLE, lisant sur l'enveloppe du paquet de
lettres. « Servez-vous de ces lettres et ne les
rendez à M. Roustoubique qu'en échange de
votre dossier. »

ROUSTOUBIQUE, toujours à la fenêtre. Nous
sommes à vous.

TIBULLE, continuant de lire. « Ce sont des
lettres de défunte madame Roustoubique à son
premier clerc. »

ROUSTOUBIQUE (2). Allons, jeune homme, la
voiture nous attend.

TIBULLE, riant aux éclats. Ah! ah! ah!

ROUSTOUBIQUE. Comment? il rit.

TIBULLE, de même, s'asseyant sur une table
qu'il agite à mesure qu'il rit. Ah! ah! ah!
ah! ah!

ROUSTOUBIQUE. Bravo! tant mieux!

TIBULLE, de même. Ah! ah! ah! ah!

ROUSTOUBIQUE, riant aussi. Ah! ah! ah! ah!

TIBULLE, qui vient d'ouvrir une des lettres. Ah!
ah! ah! et je cuis ta bien aimée... je cuis pour
je suis...

ROUSTOUBIQUE. Parlez-moi d'une si joyeuse ar-
restation, voilà ce qui s'appelle de la philosophie...
parlons, jeune homme.

TIBULLE, qui s'est levé. Monsieur Roustoubique,
embrassons-nous, je ne vais plus en prison.

ROUSTOUBIQUE. Vous auriez trouvé des capitaux!

1 T. R.
2 T. R.

TIBULLE. Des capitaux, fi donc!.. j'ai trouvé mieux
que des capitaux, j'ai trouvé une idée capitale.

ROUSTOUBIQUE. Quoi donc?

TIBULLE. Écoutez plutôt. (Lisant.) « Mon cher
« Colimaçon... »

ROUSTOUBIQUE. Colimaçon!... mon premier
clerc...

TIBULLE. Oui... une lettre de femme.

ROUSTOUBIQUE, à lui-même, gaiement. Est-ce
que ce mauvais sujet-là aurait séduit la femme de
mon confrère Bonnivet...

TIBULLE. « Mon cher Colimaçon... mon singe
« de mari... est allé faire sa provision de papier
« timbré... rendez-vous à midi chez Passoir, nous
« y mangerons les frais de l'affaire Chalamel. »

ROUSTOUBIQUE, à lui-même, inquiet. Chalamel?.. mais, j'ai eu un client Chalamel...

TIBULLE. Lettre numéro 2, toujours de la même
au même. « O mon adoré, quand je pense à tes
« beaux yeux noirs, que mon Chinois de mari
« me semble laid avec ses lunettes vertes! »

ROUSTOUBIQUE, ôtant ses lunettes dont il exa-
mine la couleur. Vertes!.. mais sacredienne!.. c'est
la couleur de mes conserves... jeune homme, le
nom de cette femme?

TIBULLE. Son nom?.. Suzanne, femme Roustoubique.

ROUSTOUBIQUE. Ma femme!

TIBULLE. Et maintenant, je vais faire imprimer
ces lettres.

ROUSTOUBIQUE. Monsieur, vous n'imprimerez
pas...

TIBULLE. J'imprimerai à deux mille exem-
plaires, avec vignettes, culs-de-lampe et autres
drôleries.

ROUSTOUBIQUE. O ciel! et tous mes confrères
pourraient lire que j'ai été...

TIBULLE. Parfaitement.

ROUSTOUBIQUE.

Air : Dans ce castel.

C'est à mon tour, devant vous, moi qui tremble...
Pitié, Monsieur, pour l'honneur d'un époux!
Si vous voulez nous troquerons ensemble
Tous ces protêts contre ces billets doux.

TIBULLE, échangeant les lettres contre les protêts.

Soit! j'y consens; quelle chance admirable,
Qu'on vous ait fait...

ROUSTOUBIQUE.
De grâce, taisez-vous!

TIBULLE.

Si votre femme eût été moins aimable,
Moi, je serais déjà sous les verrous.

ROUSTOUBIQUE, avec une fureur mal contenue.
Adieu, je rentre; je vais jeter mon premier clerc
à la porte; mon second clerc à la porte, tous mes
clercs à la porte, et moi ensuite par la fenêtre.

1 T. R.

TIBULLE. Dites donc.., vous savez que je ne mettrai pas un matelas sous votre croisée.

ROUSTOUBIQUE.

Air : *Adieu, Nicolas, n'oublie pas.*

Ah! j'étouffe de colère,
Quoi, l'étude tout entière
A courtisé mon huissière,
Gare au courroux
D'un époux!

TIBULLE.

Il étouffe de colère,
Quand l'étude tout entière
A courtisé son huissière,
Gare au courroux
D'un époux!

ROUSTOUBIQUE.

Ah! j'étouffe de colère, etc.

(Pendant cet ensemble on a vu les jeunes filles quitter le cabinet et se cacher derrière le paravent. Roustoubique sort.)

SCÈNE VI.

TIBULLE, LES JEUNES FILLES, *cachées.*

TIBULLE. Victoire! victoire! me voilà rentré dans mes lettres de change... *(Par réflexion.)* Mais je ne sais pas si je suis rentré dans mon bon sens... ah! ce fil de fer qui tout à l'heure m'a apporté... *(Désignant la porte, à droite.)* C'était là, là que le diable ou mon bon ange doit avoir élu domicile... oh! je saurai... *(Il ouvre la porte, à droite.)* Entrons. *(Il entre dans la chambre que viennent de quitter les jeunes filles. Celles-ci profitent du moment où il ne peut les voir pour sortir par la porte de communication qui donne, de chez elles, chez Tibulle; à peine sont-elles dans la chambre de Tibulle, que celui-ci rentre en s'écriant) : Rien! personne!.. décidément... c'est le diable! (Il sort en courant précipitamment et se jette dans Grattemboul, qui entre par le fond et que la sortie de Tibulle fait pirouetter.)*

SCÈNE VII.

GRATTEMBOUL, *chez les grisettes,* FRANCINE, NICHETTE ET ZOÉ, *chez Tibulle.*

GRATTEMBOUL. Ah! grand Dieu! qu'est-ce que c'est que ça?

FRANCINE. Ciel! M. Grattemboul!

NICHETTE. Et M. Tibulle qui va peut-être revenir ici!

ZOÉ. Nous voilà bien !

GRATTEMBOUL. (1). Si je savais quel est le manant.. mais où sont donc ces demoiselles?... Ah! sans

1 G. Z. F. N.

doute, dans la seconde chambre! Je vais leur dire.... *(Il entre à droite et disparaît un instant.)*

ZOÉ. Il n'est plus là... vite dépêchons. *(Elles repassent toutes les trois dans leur chambre.)*

GRATTEMBOUL, *dans le cabinet, appelant.* Mademoiselle Francine!

FRANCINE. Laissez-moi seule avec lui.

ZOÉ. Bien du plaisir. *(Elle sort par le fond avec Nichette.)*

GRATTEMBOUL. Mademoiselle Francine!

FRANCINE, *à part.* A nous deux. *(Haut.* Qui m'appelle?

SCÈNE VIII.

GRATTEMBOUL, FRANCINE.

GRATTEMBOUL, *reparaissant.* Ah! vous voilà, où étiez-vous donc?

FRANCINE. Mais vous le voyez, j'arrive.

GRATTEMBOUL. Il y avait quelqu'un ici... tout à l'heure.

FRANCINE. Ici?

GRATTEMBOUL. Quelqu'un qui m'a bousculé.

FRANCINE. C'est possible! je ne sais pas...

GRATTEMBOUL. Mais qu'importe, vous voilà... je vous vois.... et pour moi dont la profession consiste à découvrir des astres... quel bonheur!

Air du *Curé de Pomponne.*

Dans le ciel je cherchais Vénus,
Mais malgré ma lorgnette,
Dans le ciel je ne trouvais plus
Cette belle planète!
En vous rencontrant ici-bas,
Je vois, la chose est claire,
Qu' si Vénus au ciel n'était pas,
C'est qu'elle est sur la terre.

FRANCINE, *gaiement.* Ah! comme c'est neuf!

GRATTEMBOUL. C'est vrai, toutes les fois que je viens, je vous répète la même phrase; mais il est permis de se répéter quand on dit de si jolies choses. A propos, savez-vous... si ces demoiselles ont terminé mon paletot et mon pantalon?

FRANCINE. Terminé.... n'est peut-être pas le mot, mais elles s'en sont occupées.

GRATTEMBOUL. Très-bien. Savez-vous une idée qui m'est venue en route?

FRANCINE. Non.

GRATTEMBOUL. Je me disais en regardant les étoiles, la soirée est superbe; si je proposais à ces demoiselles un petit souper anacréontique?

FRANCINE. Un souper... mais monsieur Grattemboul...

GRATTEMBOUL. Soyez tranquille... je ferai bien les choses, mais comme je serai peut-être obligé

1 G. F

de me charger de comestibles, je vous laisse mon traité d'astronomie élémentaire.

FRANCINE, *qui vient de lui prendre le livre des mains et qui l'a ouvert.* Tiens... des comètes... ah! et puis le *taureau*, les *poissons*, l'*écrevisse*... c'est comme une carte de restaurateur.

GRATTEMBOUL. Du tout, ce sont les douze signes du zodiaque... *(Avec intention.)* et je vais vous chercher le poisson et les écrevisses. A quelle heure le souper?

FRANCINE. Mais pas avant neuf heures; il me faut le temps de prévenir ces demoiselles.

GRATTEMBOUL. C'est à merveille... je vais commander le festin, et en attendant l'heure je ferai une visite à un jeune homme qui demeure ici près, et qui m'est recommandé par sa famille.... A neuf heures précises je serai ici.

FRANCINE.

Air : *Au refrain du tambourin.*

Allons vite, allons, chaud, chaud !
Occupons-nous de la table,
Pour un repas délectable,
Vous, apportez ce qu'il faut.

GRATTEMBOUL.

Je change l'ordre des cieux,
Ce soir en bonne fortune,
Mes étoiles sont vos yeux,
Et vous éclipsez la lune.

REPRISE.

GRATTEMBOUL.

Allons, vite, allons, chaud, chaud,
Vous allez mettre la table;
Pour un repas délectable,
Moi j'apporte ce qu'il faut.

FRANCINE.

Allons, vite, allons, etc.

(Grattemboul et Francine sortent par le fond, au même moment Tibulle paraît à la porte de sa chambre.)

SCÈNE IX.

TIBULLE, puis la MÈRE MISTENFLUTE.

TIBULLE, *entrant chez lui, tout effaré, les yeux presque hagards.* Chez moi !.. me voilà chez moi... oui, c'est bien là ma chambre.., *(Il tâte ses meubles.)* Je reconnais mon mobilier... mais comment se fait-il qu'en passant par la fenêtre de mon toit j'aie pu tomber dans la cheminée d'un huissier, rue des Singes, au Marais? Et comment se fait-il encore qu'en sortant de chez cet huissier de la rue des Singes, je me sois trouvé tout à coup sur le quai aux Fleurs, à deux pas de mon domicile? Est-ce qu'il y aurait de l'escamotage là-dessus? Est-ce que, par hasard, ma chambre serait un gobelet dont je serais la muscade? Ou bien encore est-ce que cette queue serait vraiment celle du diable? Allons donc! Voyons, voyons...

ne pensons plus à tout cela, et reprenons nos études célestes. Le travail est un baume, a dit un pharmacien. *(Ouvrant son livre.)* Où en étais-je resté?... Ah! j'étais resté sur le Chariot. *(Lisant.)* « Le Chariot est une constellation qui...

MÈRE MISTENFLUTE. Monsieur, Monsieur, une lettre...

TIBULLE, *se levant.* Ah! oui, je sais ce que c'est... de mon parrain... avec trois cents francs.

MÈRE MISTENFLUTE. Non, Monsieur, de la poste, avec trois sous de port.

TIBULLE. Trois sous, je vous les donnerai sur les trois cents francs.

MÈRE MISTENFLUTE. Mais, Monsieur...

TIBULLE. Mais, laissez-moi, mère Mistenflûte, laissez-moi... ou je vous embrasse.

MÈRE MISTENFLUTE, *se sauvant.* Ah! l'horreur !

SCÈNE X.

TIBULLE, *chez lui,* NICHETTE, *chez elle* (1).

NICHETTE. Tiens, personne! voyons donc s'il rentré.

TIBULLE, *qui lisait la lettre.* Que vois-je! signé Colimaçon.... le premier clerc de M. Roustoubique!

NICHETTE, *regardant censément par la serrure de la porte de communication.* C'est lui!

TIBULLE. Une provocation.... un duel.... il ne me manquait plus que ça...

NICHETTE. Ah! comme cette lettre a l'air de le contrarier !

TIBULLE. Et il dit qu'il veut me tuer... au pistolet encore ! moi qui ne sais me battre qu'à coups de poing!

NICHETTE. C'est quelque mauvaise nouvelle, bien sûr... ah! il faudra absolument que je sache...

TIBULLE. Mais que je suis donc bête ! c'est moi qui le tuerai au contraire !.. et au lieu de tirer le pistolet, je n'aurai qu'à tirer... ceci... *(Il porte sa main à sa poche, d'où il tire une partie de la queue du diable.)* et je lui brûlerai la cervelle. *(Francine et Zoé viennent d'entrer dans la chambre où est Nichette; Grattemboul paraît chez Tibulle.)*

SCÈNE XI.

TIBULLE, *chez lui,* NICHETTE, FRANCINE, ZOÉ, *chez elles,* GRATTEMBOUL *chez* TIBULLE (2).

ZOÉ ET FRANCINE, *à Nichette.* Eh bien, que fais-tu donc là?

GRATTEMBOUL, *entrant.* Ah! c'est vous, monsieur le paresseux !

1 N. T.
2 F. Z. N. T. G.

NICHETTE, *qui regardait par le trou de la serrure, aux deux autres...* Grattemboul!

ZOÉ ET FRANCINE. Bah!

GRATTEMBOUL. Je viens vous dire que j'ai reçu trente-six lettres de M. Corisandre, votre parrain et mon ami, et que ce cher Corisandre vous déshérite et laisse toute sa fortune à sa servante, si vous êtes hors d'état de répondre à mes questions astronomiques.

NICHETTE, *à ses amies.* Déshérité, s'il ne répond pas bien!

TIBULLE. Mais, Monsieur, je viens d'avoir la cocotte.

GRATTEMBOUL. La cocotte!.. la cocotte!.. vous êtes encore un fameux coco!

TIBULLE. Coco?...

GRATTEMBOUL. Mais je ne me paie pas de toutes ces raisons... voici votre traité d'astronomie... si vous ne répondez pas à l'examen que je vais vous faire subir, j'écris à mon ami Corisandre, et vous êtes déshérité.

NICHETTE. Ah! mon Dieu!

TIBULLE, *à lui-même.* Eh bien! ça va être du propre! moi qui ne connais pas seulement mon Mathieu Lænsberg!

NICHETTE. On va l'interroger... que faire?

FRANCINE. Ah! attends...

NICHETTE. Quoi donc?

FRANCINE, *prenant le livre laissé par Grattemboul.* Ce livre d'astronomie!

NICHETTE. Donne...

GRATTEMBOUL. Voyons, êtes-vous prêt?

TIBULLE. Je suis..... je suis..... (*A part.*) je suis fichu. (*Par inspiration.*) Ah! ma foi... essayons... (*Il porte sa main à la poche où est la queue du diable.*)

GRATTEMBOUL. Là.., je vais vous interroger sur le méridien.

NICHETTE, *cherchant dans le livre.* Le méridien.

TIBULLE, *qui a tiré la queue de sa poche, à lui-même.* Pourvu que le diable ait suivi un petit cours d'astronomie!

NICHETTE. Ah! mon Dieu! je ne trouve pas...

GRATTEMBOUL, *examinant le paletot et le pantalon de Tibulle.* C'est drôle comme son pantalon et son paletot ressemblent aux miens. (*Haut.*) Mais procédons... qu'est-ce que le méridien?

TIBULLE, *agitant sa queue.* Vous dites le méridien? mais le Méridien, est un ancien restaurant qui existait au coin de la rue d'Angoulême.

GRATTEMBOUL. Mais non... je vous parle du méridien céleste.

TIBULLE. Le méridien? (*A lui-même.*) Je n'ai peut-être pas secoué assez fort. (*Il agite de nouveau la queue.*)

GRATTEMBOUL, *à lui-même.* C'est étonnant comme ce pantalon... (*Tibulle agite plus fort la queue du diable, en même temps qu'à l'orchestre on joue de nouveau le chœur des démons de Robert-le-Diable.*)

NICHETTE, *cessant de feuilleter.* Ah! m'y voici!

GRATTEMBOUL. Eh bien, me direz-vous?

NICHETTE, *toujours chez elle et soufflant.* Le méridien est un grand cercle de la sphère.

TIBULLE, *à lui-même.* C'est lui! la queue a fait son effet! (*Il est placé de manière à tourner le dos à Nichette dont il répète les paroles.*) Le méridien est un grand cercle de la sphère...

NICHETTE, *soufflant.* Qui passe par les pôles du monde.

TIBULLE. Qui passe par l'épaule...

NICHETTE. Du monde.

TIBULLE. Du monde.

NICHETTE. Par le zénith.

TIBULLE. Par le zénith.

NICHETTE. Et le nadir.

TIBULLE. Et le radis.

GRATTEMBOUL. Hein?

NICHETTE. Le nadir...

TIBULLE. Et le nadir...

GRATTEMBOUL. Très-bien... très-bien... (*A lui-même.*) Plus je regarde ce paletot... mais non... le mien était plus large. (*A Tibulle.*) Maintenant jeune élève, qu'est-ce que la grande Ourse?

TIBULLE. La grande Ourse (*Agitant la queue pendant que Nichette cherche dans le livre.*) La grande Ourse. (*A lui-même, parlant de la queue qu'il regarde.*) Il ne le sait peut-être pas.

GRATTEMBOUL. Eh bien?

TIBULLE. Eh bien!.. la grande Ourse, c'est la veuve de Martin du Jardin-des-Plantes.

GRATTEMBOUL. Vous moquez-vous de moi?

ZOÉ, *à Tibulle, naturellement.* Vous dites des bêtises...

TIBULLE, *répétant à Grattemboul.* Vous dites des bêtises ..

GRATTEMBOUL. Comment, je dis des bêtises?

NICHETTE, *qui vient de trouver dans le livre ce qu'elle y cherchait. A Tibulle.* Voulez-vous vous taire!

TIBULLE, *répétant à Grattemboul.* Voulez-vous vous taire!

GRATTEMBOUL. Ah çà, polisson! (*A lui-même, tout à coup.*) Mais c'est étonnant comme ce paletot...

TIBULLE, *s'adressant à la queue, et comme lui faisant des reproches.* C'est pas ça... c'est pas ça.

GRATTEMBOUL, *à Tibulle.* Voyons, à la fin, qu'est-ce que c'est que la grande Ourse?

NICHETTE, *soufflant.* Une constellation septentrionale.

TIBULLE. Une constellation septentrionale.

NICHETTE. Placée près du pôle nord.

TIBULLE. Placée sur le chemin du Nord.

GRATTEMBOUL. Hein?

NICHETTE, *de même.* Et qui demeure toujours.

TIBULLE. Et qui demeure toujours.

NICHETTE. Au-dessus de notre horizon.

TIBULLE, *élevant la voix avec confiance.* Au-dessus, Monsieur, (*Appuyant.*) au-dessus de notre horizon ! (*Il adresse des remerciments à la queue.*)

GRATTEMBOUL. Allons, allons, je vois que vous avez étudié, c'est assez satisfaisant, et j'enverrai mon satisfecit à votre parrain.

NICHETTE, *qui a refermé la porte.* Ah ! quel bonheur !

LES TROIS JEUNES FILLES. Encore une fois sauvé !

GRATTEMBOUL (1). Je suis attendu par une société de culottières... (*Se reprenant.*) de savants... je ne vous en demande pas davantage aujourd'hui ; continuez toujours de même, et vous ferez un sujet... Bonsoir.

TIBULLE, *voulant allumer une chandelle.* Permettez que je vous éclaire...

GRATTEMBOUL. C'est inutile.

TIBULLE. Si... si... voilà le jour qui baisse... il y a des rats sur l'escalier...

GRATTEMBOUL. Je verrai parfaitement !

TIBULLE, *allumant sa chandelle* (2). Je tiens à vous reconduire.

> Air de *M. Couder* (Les sept Billets).
>
> Ah ! je suis vraiment bien surpris
> De ma science d'astronome,
> Bientôt, sans avoir rien appris,
> Je vais être un grand homme.
>> ZOÉ, *aux deux jeunes filles.*
> Convenez que le tour est bon.
>> TIBULLE, *à Grattemboul.*
> De mes succès vous tiendrez note.
>> GRATTEMBOUL.
> C'est drôl' comme ce pantalon
> Ressemble à ma culotte !
>> ENSEMBLE.
>> TIBULLE.
> Ah ! je suis vraiment, etc.
>> GRATTEMBOUL.
> Ah ! je suis vraiment bien surpris
> De sa science d'astronome,
> Bientôt, sans avoir rien appris,
> Il passera grand homme.
>> LES JEUNES FILLES.
> Combien il doit être surpris
> De sa science d'astronome !
> Bientôt, sans avoir rien appris,
> Il deviendra grand homme.

(*Grattemboul sort accompagné de Tibulle.*)

SCÈNE XII.

ZOÉ, FRANCINE, NICHETTE.

ZOÉ, *qui pendant le chœur précédent a, en même temps que Tibulle, allumé deux bougies.*

1 F. Z. N. T. G.
1 F. Z. N. G. T.

Riant. Ah ! ah ! ce pauvre M. Grattemboul ! mais il va venir et nous devons songer au couvert. Venez-vous, Mesdemoiselles ?

NICHETTE. Allez toujours, je vous suis...

FRANCINE (1). Cette Nichette se fait un mal !..

ZOÉ. Elle ne rêve qu'à l'amour ; nous, pensons au souper ! viens-tu, Francine ? (*Elle entre à droite avec Francine.*)

FRANCINE (2). Il faut que je sache quelle est cette lettre qui le rendit si triste. (*Entrant avec une lumière dans la chambre de Tibulle et trouvant la lettre.*) Ah ! la voici, dépêchons-nous bien vite de la lire, car s'il rentrait... (*Lisant des yeux.*) Que vois-je ? une provocation ! un duel avec le premier clerc de ce vilain M. Roustoubique !.. Ah ! mon Dieu ! et c'est comme ça que nous l'avons sauvé !

TIBULLE, *au dehors.* Adieu, mon cher professeur !

NICHETTE. Lui ! (*Elle souffle sa chandelle. — Nuit complète, en se précipitant contre la porte de communication, elle la ferme.*) Ah ! mon Dieu ! la porte qui est fermée !

TIBULLE, *entrant, sa chandelle à la main.* Adieu, adieu !.. Mes compliments à la lune et mes civilités à l'Observatoire... (*Parlant à Grattemboul, il tourne le dos à Nichette qui souffle sur sa chandelle et l'éteint.*) Allons bon !.. ma chandelle éteinte !

NICHETTE. Comment faire ?

TIBULLE. Heureusement, je connais les êtres... il faut convenir que le diable... le diable ! mais c'est que je finis par y croire ; je commence même à avoir très-peur... je n'ose plus rester sans chandelle..... vite essayons de rallumer la mienne.

NICHETTE, *à part.* Il va me voir ! (*Effrayée et en cherchant à ouvrir la porte de communication, elle heurte une tasse qui tombe et se brise. Tibulle épouvanté se laisse tomber sur un siége.*)

TIBULLE, *tremblant.* Hein ?.. qui va là ?

NICHETTE Je suis perdue.

TIBULLE. C'est le diable qui casse ma vaisselle !

NICHETTE. Si j'osais appeler...

TIBULLE, *se levant.* Arrière, Satan ! arrière.. reprends ta queue, je n'en veux plus.

NICHETTE. Que dit-il donc ?

TIBULLE. Tu ne réponds pas... veux-tu la reprendre tout de suite !

NICHETTE, *appelant à la porte.* Mesdemoiselles, Mesdemoiselles...

TIBULLE. Il appelle des demoiselles.. voudrait-il me tenter.. comme saint Antoine ?

NICHETTE *frappant à la porte.* Ouvrez, c'est moi !..

1 N. T.
2 Z. F.

TIBULLE. Tiens, le diable a une jolie petite voix.

NICHETTE. Elles ne viennent pas! (*Criant.*) Mesdemoiselles!

TIBULLE. Il n'y a pas de demoiselles.. (*Allant à Nichette qu'elle prend par le bras.*) Expliquons-nous tous deux : (*Avec surpise.*) une petite main... une robe...

NICHETTE. (1) Monsieur..

TIBULLE. Êtes-vous le diable, ou ne l'êtes vous pas?..

NICHETTE, *surprise.* Le diable?

TIBULLE. Parlez... est-ce vous qui m'avez soigné dans ma maladie?.. débarrassé de mon professeur et de mon huissier?.. est-ce vous qui m'avez donné ce paletot, ce pantalon, est-ce vous, oui ou non?

NICHETTE. Eh bien! oui..

TIBULLE. Ah! oui!.. ah! c'est vous!.. et vous croyez que je crois.. allons donc! est-ce que le diable tient un magasin de paletots et de pantalons! (*Par réflexion.*) ah! si fait!.. il y a le magasin du Pauvre Diable! Saperlotte! mais non, que je suis bête, cette petite voix, cette robe, cette main si douce... vous n'êtes pas le diable, vous êtes mon bon ange et je veux vous presser sur mon cœur.

NICHETTE. Je vous le défends (2).

Air : *Enfant rêveuse aux blondes tresses.*
(Piano de Berthe.)

Apprends que le diable est terrible,
Que d'horreur il peut te glacer.

TIBULLE.

Tant mieux, j'aurai, s'il est horrible,
Plus de mérite à l'embrasser.

NICHETTE.

Laissez-moi.

TIBULLE.

Je me sens capable
De t'embrasser quoique fort laid.

NICHETTE.

Mortel, n'embrasse pas le diable,
Car le diable te brûlerait.

TIBULLE.

Eh quoi! si j'embrassais le diable,
Vous dites qu'il me brûlerait.

DEUXIÈME COUPLET.

TIBULLE (3).

Eh bien, je risque la brûlure...
Quand le diable est mon bienfaiteur,
Je veux connaître sa figure...

1 T. N.
2 T. N.
3 N. T.

NICHETTE, *à part.*
Que va-t-il faire... Oh! que j'ai peur!
(*Tâtonnant près de la porte de communication.*)
Cette serrure est introuvable!

TIBULLE, *qui cherchait la chandelle et les allumettes, les trouvant.*
J'ai ma chandelle et mon briquet!

NICHETTE.
Ne cherche pas à voir le diable,
Car le diable t'emporterait!

TIBULLE.
Si je cherchais à voir le diable,
Quoi, le diable m'emporterait?

SCÈNE XIII.

LES MÊMES, GRATTEMBOUL. *Il entre par le fond.*

GRATTEMBOUL, *dans la chambre des jeunes filles. Il tient un grand panier et des comestibles sous chaque bras et dans toutes ses poches. Comment, pas de lumières!*

TIBULLE, *essayant d'allumer ses allumettes qui ne prennent pas* (1). Eh bien! qu'il m'emporte! peu m'importe?

NICHETTE *criant et frappant à la porte.* Je suis perdue! Mesdemoiselles! Mesdemoiselles!

TIBULLE. Oui, oui, appelle tes diablesses, va, je m'en moque.

GRATTEMBOUL, *allant à la porte de communication.* Il me semble entendre.

NICHETTE. Ouvrez.. ouvrez!..

GRATTEMBOUL. C'est ici!.. vous êtes enfermée?

NICHETTE. Oui... oui.. poussez.

TIBULLE. Un autre diable qui veut délivrer celui-là! il arrivera trop tard... Voilà que ça prend...

NICHETTE. Poussez bien fort. (*Grattemboul s'appuie tout entier contre la porte.*)

TIBULLE. Ah.. voilà ma chandelle allumée.

(*A ce moment la porte cède tout à coup et Grattemboul perdant son point d'appui, vient tomber avec toutes ses provisions au milieu de la chambre de Tibulle. Nichette qui se trouvait devant la porte se précipite dans l'autre chambre en retirant la porte sur elle et Tibulle qui s'avance avec la chandelle allumée, voyant un homme, se sauve en criant.*)

TIBULLE. Ah! qu'il est vilain!

GRATTEMBOUL. Sapristi! je me suis fait une bosse!

1 G. N. T.

FIN DU DEUXIÈME ACTE.

ACTE TROISIÈME.

Le théâtre représente une partie du bois de Saint-Mandé ; sur cette partie du bois, à gauche, donne un restaurant ; des bosquets sont à droite et à gauche du théâtre.

Nota. — Les indications de cet acte sont prises à la gauche du public ; si celles des deux premiers actes ont été prises à la droite du public, le dernier numéro de celles-ci deviendrait le premier.

SCÈNE PREMIÈRE.

CORISANDRE, COQUEREL, *restaurateur* (1).

CORISANDRE. Oui, monsieur Coquerel, comme membre du conseil de salubrité de Saint-Mandé, j'ai été nommé commissaire du bal qui se donne chez vous, au profit des pauvres de la commune. Mais je n'ai pas le cœur à la danse, j'ai tant de chagrin !.. (*Revenant sur ses pas.*) Ah ! vous avez eu soin de faire venir un costumier de Paris !

COQUEREL. Oui, oui, monsieur Corisandre ; hier, M. l'adjoint m'a prévenu que ce serait un bal costumé, et qu'on danserait dans mon jardin, si le printemps voulait bien le permettre.

CORISANDRE. Il le permettra, monsieur Coquerel, il le permettra... mais, je n'ai pas le cœur à la danse, j'ai tant de chagrin !...

COQUEREL. Comment ! est-ce que vous n'auriez plus l'espoir d'être nommé vice-président du conseil de salubrité ?

CORISANDRE. Au contraire... c'est là ma seule espérance... quel bonheur, monsieur Coquerel, quel honneur !., oh ! ce jour-là, je donnerai bal et festin à toute la commune, mais adieu, car je n'ai guère le cœur à la danse, j'ai tant de chagrin !..

VOIX, *au dehors.* Monsieur Coquerel ! monsieur Coquerel !..

COQUEREL. Pardon... mais, le service... (*Il sort à gauche.*)

CORISANDRE. Allez mon ami, allez...

SCÈNE II.

CORISANDRE, *seul.* Pauvre Tibulle, mon cher filleul !.. c'est lui qui s'en serait flanqué du rigodon, s'il n'était pas tombé dans le plus complet aveuglement ! Enfin, j'ai fait mon devoir... il m'avait demandé trois cents francs, et je lui en ai envoyé cent cinquante pour les premiers six mois de sa pension aux Quinze-Vingts. Après ça, s'il n'y voit pas, nous verrons. Infortuné victime de la science !.. ah ! que je suis donc fâché de n'avoir pu aller verser quelques larmes sur les yeux qu'il n'a plus !.. j'aurais vu en même temps ce petit ange de Nichette... un être plein de vertus, et ouvrière en chambre ; car, c'est par jalousie pour elle, parce qu'on m'avait dit qu'elle était à ce bal du Prado... que j'ai eu l'imprudence de me déguiser en singe ! même que j'ai perdu ma queue, et que je tremble à chaque instant que cette

1 Coq Cor.

queue ne devienne une pièce à conviction contre moi.

Air : *Ah ! c'est un valet précieux.*

Ah ! si l'on venait à savoir
Que le vertueux Corisandre
Est le même qui, l'autre soir,
En singe au Prado fit esclandre !
Je n'aurais plus rien à prétendre,
A moins qu'un ordre spécial
Ne me fît par lettres-patentes,
En ma qualité d'animal,
Le conseiller municipal
Des singes du Jardin des Plantes.

ZOÉ, *au dehors.* Par ici, par ici, voilà un traiteur !

CORISANDRE. Déjà du monde, entrons chez Coquerel pour surveiller les préparatifs de la fête ! (*Entrant chez le restaurateur.*) Oh ! j'ai bien peu de cœur à la danse, j'ai tant de chagrin !..

SCÈNE III.

NICHETTE, FRANCINE, ZOÉ, *en hommes, elles portent moustaches, entrée par la droite* (1).

ENSEMBLE.

Air : *Vivent les hussards d'Berchini* (Tentations d'Antoinette.)

Ah ! comme galment le cœur bat,
Quand on sort vainqueur d'un combat !
Nous devons chanter nos hauts faits,
Et nous devons boire au succès.
Que tout chagrin soit oublié, (*Bis.*)
Buvons, trinquons à l'amitié !

ZOÉ, *appelant.* Garçon ! garçon !

LE GARÇON, *venant de gauche.* Voilà, Monsieur.

ZOÉ. Un déjeuner pour trois, dépêchez-vous de nous servir, là, en plein air.

LE GARÇON, *il sort par la gauche.* Oui, Monsieur, on y va !..

NICHETTE. Ah ! mes chères bonnes amies, que j'ai eu peur !

ZOÉ (2). Allons donc ! puisque tu savais que les pistolets n'étaient chargés qu'à poudre.

FRANCINE. Et par nous tes deux témoins !..

NICHETTE. N'importe... la première fois qu'une femme se bat... même à poudre...

ZOÉ. Dis donc plutôt ce qui t'a effrayée ; ç'a été l'effroi de ton adversaire.

1 Z. N. F.
2 Z N F.

FRANCINE. Était-il pâle!

zoé, *riant.* Dame! un clerc d'huissier, ça n'a l'habitude des exploits que sur papier timbré. Oh! mais le plus drôle! c'est grand tu es tombée, comme c'était convenu, en t'écriant: ciel, je suis mort!..

NICHETTE, *riant.* Oui, et qu'il est parti comme une flèche, et mille fois plus effrayé que moi!..

zoé, *gaiement.* N'importe, c'est beau de ta part de t'être fait tuer pour M. Tibulle! heureusement que tu n'es morte que pour rire.

SCÈNE IV.

LES MÊMES, TIBULLE, *entrant par le fond à droite, avec une boîte à pistolets.*

TIBULLE, *au public* (1). Battu! je me suis battu!.. et, bien mieux, j'ai été tué! mon adversaire me l'a juré sur l'honneur.

LES JEUNES FILLES. Lui!

TIBULLE. Mort... je serais mort?.. j'ai beau me tâter... rien... complet comme un omnibus! ah çà, est-ce que je deviens bête?

zoé. Qu'avez-vous donc, Monsieur?

FRANCINE. Vous paraissez troublé!

TIBULLE. Parbleu! on le serait à moins: et, pour le coup, c'est bien l'aventure la plus ébouriffante!

NICHETTE (2). Quoi donc?

TIBULLE, *il dépose sa boîte à pistolets sur un banc à droite.* Figurez-vous, jeunes gens, que je venais à Saint-Mandé pour un duel... je me jette, à quelques pas d'ici, dans un homme qui s'enfuyait une boîte de pistolets à la main. Je me figure que ce pouvait bien être mon adversaire. Est-ce vous, Monsieur, lui dis-je, en cherchant à l'arrêter, qui vous nommez Colimaçon, premier clerc, chez M. Roustoubique?.. — C'est moi-même, me répond-il en courant toujours. Alors, je prends le parti de courir après lui, et je lui crie de toutes mes forces: c'est moi, Monsieur, je suis Tibulle, votre adversaire!.. — Ça n'est pas vrai!.. — Qu'est-ce qui dément Tibulle? — A d'autres, me dit-il en courant de plus fort en plus fort!.. monsieur Tibulle, je viens de me battre avec lui; je l'ai tué!.. et ce Colimaçon se sauve avec sa boîte sans qu'il me soit possible de le retenir.

zoé, *jouant la surprise.* C'est incompréhensible!

TIBULLE. Ça vous surprend?

FRANCINE, *de même.* Beaucoup!

TIBULLE. Eh bien, moi, ça ne me surprend pas du tout! suite toute naturelle de la fantasmagorie qui diabolise mon existence. Tel que vous me voyez, mes chers messieurs... ils sont très-gentils, ces gamins-là... je suis protégé par... non, je n'ose pas vous dire par quoi... mettons que c'est par le diable, et n'en parlons plus...

1 T. N. Z. F.
2 Z. T. N. F

TOUTES TROIS. Par le diable?..

TIBULLE. Ou quelqu'un de sa famille... c'est très-bête ce que je vous dis là, mais, c'est très-vrai.

NICHETTE. Comment, vous croyez?..

TIBULLE. Je n'en crois pas un mot, mais, j'en suis sûr... depuis hier soir, surtout, dans ma chambre, où ayant eu la preuve que ce n'était pas le diable, mais, une charmante petite femme, il s'est trouvé tout à coup que cette petite femme charmante, c'était le diable! un gros diable! un monstre!

LES JEUNES FILLES. Un monstre!

TIBULLE. Et, ce qui vient de m'arriver encore tout à l'heure?.. c'est le diable qui se sera fait tuer pour moi...

zoé. Allons donc, vous êtes fou!

TIBULLE. Je le sais bien, je me le dis depuis hier... mais la preuve que je me trompe, que vous vous trompez... c'est que je n'aurais qu'un signe à faire pour changer cette campagne en mine d'or ou en pagode chinoise.

LES JEUNES FILLES, *riant.* Ah! ah! oh! oh!

TIBULLE. Vous ne me croyez pas? Eh bien, tenez, quelque chose de plus utile... je meurs de faim et je n'ai pas le sou! voulez-vous parier que si je le demande au diable, il va nous envoyer une table toute servie?

TOUTES. Par exemple!

TIBULLE. Ah! par exemple!.. Eh bien! laissez-moi faire... (*Tirant à demi la queue du diable.*) Satan, je t'ordonne de nous donner un bon dîner.

LE GARÇON, *entrant avec une table servie et deux garçons qui la portent* (1). Messieurs, la table est servie.

TIBULLE, *reculant effrayé.* Oh! pour le coup, c'est trop fort!

zoé. Bon!.. (*Bas, au garçon.*) Un couvert de plus (2).

TIBULLE. Messieurs, je vous invite, c'est le diable qui régale.

zoé, *à part.* Et c'est nous qui payons...

ENSEMBLE.

Air de Polka. (*Dans les crapauds immortels.*)

A table! à table! et sans nous étonner
   Du repas aimable
   Offert par le diable,
Il faut gaîment prendre part au dîner,
   Que Satan veut nous donner.

(*Ils s'asseyent tous quatre autour de la table.*)

TIBULLE. Messieurs que je ne connais pas, à votre santé!..

LES JEUNES FILLES. Monsieur que nous ne connaissons pas, à la vôtre.

TOUS, *trinquant.* A la santé des inconnus!

1 Le garç. Z. N. F. T.
2 N T. F Z.

TIBULLE. Tiens, il a de bon vin le diable... et maintenant, il faut rire, nous amuser, dire des arces, des bêtises.

NICHETTE, *à part*. Ah! mon Dieu!

TIBULLE. Mais, buvez donc! vous ne buvez pas!..

NICHETTE, *gentiment, à part*. Dieu! est-il mauvais sujet!

TIBULLE. Je vais vous raconter mes premières inclinations, mes deuxièmes inclinations, mes troisièmes inclinations; car, je suis plein d'inclinations.

NICHETTE, *à part, inquiète*. Ah! que va-t-il nous dire?

ZOÉ. Gazez, mon cher, gazez!..

TIBULLE. Gazez!.. et pourquoi donc? entre même sexe... mais buvez donc, sacrebleu!..

ZOÉ. Décidement, il veut nous griser.

TIBULLE. Je commence! 1° Vous saurez que j'avais rencontré au bal du Prado une brune; mais, une brune, tout ce qu'il y a de mieux en brune.

ZOÉ, *à part*. Je suis fâchée de me dire ça à moi même, mais, c'était moi...

TIBULLE. Premier amour véritable!

FRANCINE. Passons au second!

TIBULLE. Ce second, c'était une blonde châtaigne, charmante, que je voyais au troisième sur le quai aux Fleurs.

FRANCINE, *à part*. C'était moi...

TIBULLE. Je la regardais, elle me regardait, nous nous regardions, et ça faisait loucher tout le quai aux Fleurs.

NICHETTE. Et votre troisième amour véritable?

TIBULLE. Ah! celui-là, ne m'en parlez pas, il m'a trop fait souffrir, et je n'y veux plus penser.

NICHETTE, *à part*. Et moi qui l'aimais tant!

TIBULLE. Mais, sacredienne, versez donc!

FRANCINE, *prenant la bouteille*. Il n'y a plus rien!..

TIBULLE. Rien! tant mieux! je cours vous chercher du champagne... deux bouteilles de champagne; le temps de le faire frapper... et je suis à vous (1).

REPRISE DU CHŒUR.

A table! à table! etc., etc.

(Il sort par la gauche.)

SCÈNE V.

NICHETTE, ZOÉ, FRANCINE, *qui se sont levées, ensuite* UN GARÇON RESTAURATEUR (2).

ZOÉ. Deux bouteilles de champagne frappé!

FRANCINE. Mais, à six francs la bouteille...

1 N. F. Z. T.
2 N. F. Z.

ZOÉ. Ça fait douze francs, et notre protégé qui n'a pas le sou...

FRANCINE. Sans doute il compte sur le diable.

ZOÉ. Mais, le diable, c'est nous, et ce n'est pas notre diablerie qui peut payer la carte.

NICHETTE (1). Ni qui pourra toujours venir à son aide. Tenez, mes bonnes amies, notre rôle va bientôt cesser, et je crois qu'il est temps d'assurer à notre protégé un protecteur plus durable et plus sérieux que nous. (*Après avoir tiré un calepin de sa poche.*) Vous savez que son parrain, M. Corisandre, demeure dans cette commune, et qu'il me fait depuis longtemps la cour?

FRANCINE ET ZOÉ. Eh bien?

NICHETTE. Je vais lui écrire.

FRANCINE ET ZOÉ. Quoi donc?

NICHETTE. Ecoutez!.. (*Ecrivant et lisant tout haut à mesure qu'elle écrit.*) « Monsieur Corisandre, vous m'avez demandé ma main, elle est « à vous, mais, à la condition que vous rendrez « votre amitié à votre filleul, et que vous lui assu-« rerez le tiers de votre fortune. (*Signant.*) « Nichette. »

FRANCINE. Ah! voilà un trait!...

NICHETTE.

Air : *Ses yeux disaient tout le contraire.*

J'ai voulu sa félicité!
Que ma volonté s'accomplisse!
Je n'ai plus que ma liberté,
Pour lui j'en fais le sacrifice.

ZOÉ.

Ah! c'est pousser le dévoûment
Plus loin qu'une femme ordinaire.

FRANCINE.

C'est beau d'enrichir un amant!

ZOÉ.

Tant de femmes font le contraire!

NICHETTE, *à elle-même, parlant de son billet*. Et, maintenant, par qui faire remettre... (*Apercevant et appelant un garçon restaurateur* (2). Ah! garçon!.. l'adresse de M. Corisandre!

LE GARÇON. M. Corisandre?.. mais, il était ici tout à l'heure, dans le salon du bal.

ZOÉ. Il y a un bal?

LE GARÇON. Municipal.... masqué, et costumé encore! même qu'on a fait venir un costumier de Paris.

ZOÉ. Oh! quelle idée! (*Elle parle bas à Francine qui approuve* (3).

LE GARÇON, *à Nichette*. Soyez tranquille, si M. Corisandre est encore là-haut, je lui remettrai votre billet. (*Il rentre en portant le petit mot que Nichette vient de lui donner pour Corisandre.*)

1 F. N. Z.
2 F. N. le garç. Z.
3 N. le garç. Z. F.

zoÉ. Viens, Nichette, nous avons un projet qui pourra nous amuser (1).

NICHETTE. Lequel ?

ZOÉ.

Air :

C'est un secret,
Mais ce nouveau projet
Me paraît
Formidable,
Puisque le diable
Nous sert et beaucoup,
Suivez-moi, je réponds de tout.

NICHETTE.

Mais dites-moi donc ?

ZOÉ.

Non, cent fois non :
Pourquoi t'instruire ?
Laisse-toi conduire,
Crois au succès
De mes projets.

NICHETTE.

Ton espoir,
Je voudrais le savoir.

ENSEMBLE.

C'est un secret, etc.

(Elles entrent toutes les trois chez le restaurateur, à gauche.)

SCÈNE VI.

CORISANDRE, ROUSTOUBIQUE, GRATTEMBOUL, entrant ensemble par le fond du jardin, à droite (2).

GRATTEMBOUL. Oui, mon vénérable ami, ton neveu n'est qu'une canaille !

CORISANDRE. Une canaille, Tibulle ?

ROUSTOUBIQUE. Monsieur vient de dire le mot propre, c'est un fichu gredin.

CORISANDRE. Mais, enfin, que vous a-t-il fait ?

GRATTEMBOUL. Ce qu'il m'a fait ?.. il n'a pas pris de leçons ; et, je le soupçonne d'avoir pris mes hardes !

CORISANDRE. Lui, Tibulle ? (A lui-même.) Pauvre aveugle !

ROUSTOUBIQUE. Et moi, Monsieur, il m'a fait chanter.

CORISANDRE. Dans les rues, à son profit, et avec une sébille ?

ROUSTOUBIQUE. Chanter avec une sébille ? mais non, Monsieur, chanter avec des lettres de ma femme !

CORISANDRE. Qu'est-ce que vous me chantez là ?

GRATTEMBOUL. Et moi, je te préviens que je l'empêcherai d'entrer à l'Observatoire.

ROUSTOUBIQUE. Et moi, je le ferai entrer à Clichy.

1 N. Z. F.
2 G. C. R.

CORISANDRE. A Clichy, un pauvre aveugle !

ROUSTOUBIQUE ET GRATTEMBOUL. Aveugle !..

CORISANDRE. Tenez, vous êtes des monstres ! et s'il vous faut absolument votre victime, allez la chercher aux Quinze-Vingts.

ROUSTOUBIQUE ET GRATTEMBOUL. Aux Quinze-Vingts ?

CORISANDRE. Aux Quinze-Vingts, où, depuis trois jours, je paie trois cents francs de pension pour cet infortuné qui s'est brûlé les yeux en regardant le soleil et ses taches.

ROUSTOUBIQUE riant. Ah ! ah! ah ! ah (1)!

GRATTEMBOUL, riant. Ah! ah! ah! ah!

CORISANDRE. Vous riez!.. ils rient!.. mais, sans cœur que vous êtes...

SCÈNE VII.

LES MÊMES, TIBULLE, chargé de deux bouteilles de champagne.

TIBULLE, fredonnant et entrant par le fond de gauche.

Lorsque le champagne
Fait en s'échappant...

(Apercevant son parrain.) Dieu !

GRATTEMBOUL ET ROUSTOUBIQUE, riant. Ah ! ah ! ah !..

TIBULLE, parlant de Grattemboul et de Roustoubique. Que vois-je ?

CORISANDRE. Mais tu y vois donc, gueux ?

TOUS (2). Il y voit!..

TIBULLE.

Air :

Oui, c'est bien mon parrain!..
Ah ! je dois m'attendre à du train !
Me voir entre deux vins,
Lui qui me croit aux Quinze-Vingts.

CORISANDRE.

Reconnais ton parrain,
Fichu coquin ! fichu gredin !
Le voir entre deux vins
Quand je le crois aux Quinze-Vingts.

ROUSTOUBIQUE ET GRATTEMBOUL.

Le voilà donc enfin
Dévoilé devant son parrain :
Il est entre deux vins
Quand on le croit aux Quinze-Vingts.

CORISANDRE. Ah ! tu n'es pas si aveugle que ça ! misérable ! et qu'as-tu fait des cent cinquante francs que je t'ai envoyés pour tes yeux, le quatorze de ce mois ?

TIBULLE. J'en ai payé mon terme quand le quinze vint.

GRATTEMBOUL, faisant un pas vers lui. Ah ! mais, cette fois, je reconnais ma défroque ! c'est mon pantalon et mon paletot !

CORISANDRE. Comment ce gueux-là t'a dérobé ta garde-robe ?

1 G. R. C. T.
2 G. C. T. R.

TIBULLE. Mais, du tout! c'est le diable qui me les a donnés.

ROUSTOUBIQUE. Est-ce le diable aussi qui me paiera vos lettres de change que vous m'avez escroquées.

CORISANDRE. Ah! le filou!

ROUSTOUBIQUE. Ah! le filou!

GRATTEMBOUL. Ah! le filou!

TIBULLE. Mais, Messieurs... mais, mon parrain...

CORISANDRE. Scélérat !

TIBULLE. Écoutez...

CORISANDRE. Je te déshérite !

TIBULLE. Mais...

CORISANDRE. Je te maudis!

TIBULLE. Pourtant !..

CORISANDRE. Je te... (Le garçon restaurateur qui vient d'entrer l'a aperçu et vient lui remettre un billet (1).

LE GARÇON, entrant, à Corisandre. C'est pour vous, et très-pressé. (Il sort.)

GRATTEMBOUL, à Tibulle, pendant que Corisandre ouvre la lettre (2). Rougis, malheureux !

ROUSTOUBIQUE, de même. Repentez-vous, chanteur !

TIBULLE, à lui-même (3). Ah çà ! mais, je suis bien bête de me laisser agonir, on a un talisman ou on n'en a pas! (Il porte la main à sa poche pour en tirer la queue du diable.)

CORISANDRE, avec joie, parlant de la lettre qu'il lit. De Nichette !..

TIBULLE, à lui-même, tirant la queue. O toi que j'ai arrachée, arrache-moi de là !.. fais que mon parrain me rende son amitié, son héritage...

CORISANDRE. Et elle consent à m'épouser !..

TIBULLE, agitant à part la queue, pendant que l'orchestre joue l'air du chœur des Démons de Robert-le-Diable. Ordonne qu'il m'embrasse, et qu'il me comble de ses bienfaits.

CORISANDRE. Tibulle !

GRATTEMBOUL, à Roustoubique. Il va le massacrer.

CORISANDRE. Tibulle! dans mes bras!

TIBULLE, stupéfait. Hein? (Il remet la queue dans sa poche.)

CORISANDRE. Et le tiers de ma fortune à toi!

TIBULLE. Parole d'honneur!

CORISANDRE. Je t'aime !

TIBULLE. Bah !

CORISANDRE. Tu es ma providence.

TIBULLE. C'est fantastique !

GRATTEMBOUL ET ROUSTOUBIQUE. Ah! la vieille girouette!..

GRATTEMBOUL. Mais, mon pantalon (4)!

1 C. G. T. R.
2 G. R. au fond.
3 C. T.
4 G. C. T. R.

ROUSTOUBIQUE. Mes lettres de change !

GRATTEMBOUL. Et mon paletot ?

CORISANDRE· Allez au diable !

GRATTEMBOUL ET ROUSTOUBIQUE.

Air de la Savonnette.

En demandant justice,
On nous écoutera,
Il faut que l'on sévisse
Contre ce gredin-là !

CORISANDRE.

Ils demandent justice,
Que veut dire cela?
Faut-il que l'on sévisse
Contre cet ange-là ?

TIBULLE.

Je ris de la justice,
Advienne que pourra,
Ce talisman propice,
Bien sûr me sauvera!

GRATTEMBOUL ET ROUSTOUBIQUE.
En demandant justice, etc.

(Ils sortent avec Corisandre par le fond à droite.)

SCÈNE VIII.

TIBULLE, seul, sur le devant de la scène, puis ZOÉ, FRANCINE, NICHETTE, cachées.

TIBULLE. Oh! le bon parrain ! l'excellent parrain ! mais, du tout! ce n'est pas lui qui est bon !.. c'est ce que j'ai là, dans ma poche... et dire que rien d'y toucher, il s'exécute avec obéissance... Oh! maintenant, rien ne manque à mon bonheur... (Ici l'on voit sortir en polkant tous les masques qui traversent le théâtre pendant le chœur suivant et vont se perdre dans la coulisse opposée.)

CHŒUR DE MASQUES.

Air : Vive un bal au Jardin-d'Hiver. (Maîtresse d'été et Maîtresse d'hiver.)

On étouffe dans ces salons,
Fuyons loin de cette cohue,
Et que la danse continue
Sur la pelouse et les gazons.

TIBULLE. Un bal masqué, des femmes... ah! quand je disais qu'il ne me manquait rien... Oh si! ce joli petit trognon pour lequel je me suis fait assommer et que je n'ai jamais revu... il faut que le diable ou la diablesse qui me protège ne comprenne rien à l'amour.

ZOÉ, hors de vue, dans la coulisse (1). Oses-tu bien médire de ta protectrice ?

TIBULLE. Cette petite voix! tiens, il paraît que c'est une diablesse ! et ça vient de là... (Il indique la droite et s'y dirige.)

1 F. N. Z.

FRANCINE, *hors de vue, chez le restaurateur.*
Cesse de te plaindre, ingrat !

TIBULLE. Non, c'est par ici. (*Même jeu.*)

NICHETTE, *hors de vue, au fond, derrière un arbre.* Elle a songé à ton bonheur !

TIBULLE, *même jeu.* Elle dit : elle! plus de doute! c'est la même voix que la diablesse de la chambre.

NICHETTE.

Air : *Je dors.*

J'ai voulu t'obliger,
En diablesse sensible.

FRANCINE.

Mais toujours invisible,
Je veux te protéger.

ZOÉ.

Dissipe ton effroi,
Ton sort nous intéresse.

TIBULLE, *portant la main sur la queue du diable.*
Je veux voir ma diablesse.

ZOÉ, *se montrant* (1).
C'est moi !

FRANCINE, *de même.*
C'est moi !

NICHETTE, *de même.*
C'est moi !

(*Elle sont toutes trois en costume de diablesse.*)

TIBULLE (2). Trois diablesses !

ZOÉ.

Air : *Petite mouche.*

Ah ! rends grâce à la fortune,
Tes diablesses, tu les vois...

NICHETTE.

Tu n'en croyais avoir qu'une.

FRANCINE.

Et, maintenant en voilà trois.

ZOÉ.

De l'enfer je suis sortie.

NICHETTE.

L'enfer doit nous réunir.

FRANCINE.

Regarde-nous, je t'en prie,
Et choisis la plus jolie.

TIBULLE.

C'est difficile à choisir.

TOUTES.

Allons, tu n'as qu'à choisir.

FRANCINE.

DEUXIÈME COUPLET (3).

Tu devrais me reconnaître,
Car un jour du mois passé,
Tu me vis à ma fenêtre.

TIBULLE. *Parlé.* Oui !

1 F. N. Z. Tibulle, *au milieu de la scène.*
2 F. N. T. Z.
3 N. F. T. Z.

ZOÉ, *chanté.*
Au Prado nous avons dansé !

TIBULLE, *parlé.* Oui !

NICHETTE, *chanté.*
Souviens-toi d'une querelle,
Où, prompt à la secourir,
Tu délivras une belle,
Eh bien, tu la vois, c'est elle.

TIBULLE.

C'est toi que je veux choisir.

NICHETTE, *timidement.*
Je ne suis plus à choisir.

TIBULLE (1). Plus à choisir ! oh ! si... oh ! si... et maintenant vous m'écouterez et vous ne m'empêcherez pas de vous dire combien je vous aime.

NICHETTE. Moi, Monsieur ?

TIBULLE. Toutes les trois en général, mais vous en particulier.

NICHETTE, *à part.* C'était moi qu'il aimait.

ZOÉ. Eh ! Monsieur, que ne parliez-vous plus tôt ?

TIBULLE. Je vais parler plus longtemps, et ça reviendra au même.

NICHETTE. Mais ce serait inutile... ma main est promise à un autre.

TIBULLE. Un autre !... nommez-le, que je le tue !

NICHETTE. Monsieur !

TIBULLE. Ou qu'il me tue !

ZOÉ ET FRANCINE. Mais...

TIBULLE. Un rival ! nous nous tuerons tous les deux.

NICHETTE. Et si ce rival était un vieillard ?

ZOÉ. Un brave homme !

FRANCINE. Votre bienfaiteur !

NICHETTE. Votre parrain, Monsieur !

TIBULLE. Mon parrain ! et vous l'aimez ?

NICHETTE (2). Il m'aime, lui... et moi, pour qu'il vous rende son affection, je l'épouse.

TIBULLE. Merci !

NICHETTE. Silence ! voici votre parrain.

FRANCINE ET ZOÉ. Eh ! que de monde !

CORISANDRE, *accourant par le fond, à droite, suivi de la foule.* Où est-elle ? (*Apercevant Nichette, qui va à lui.*) Ah ! Nichette, ma femme !

~~~~~~

SCÈNE VIII ET DERNIÈRE.

LES MÊMES, CORISANDRE, TOUS LES GENS DU BAL, *puis* GRATTEMBOUL ET ROUSTOUBIQUE, *l'un avec des soldats, l'autre avec des recors.*

CHOEUR.

On étouffe... etc.

CORISANDRE. Et tous les bonheurs à la fois !...

1½ N. T. F. Z.
2 N. T. F. Z.

car vous ne savez pas, vous autres... je viens d'être prévenu par M. le maire que je viens enfin d'être élu vice-président du conseil de salubrité de Saint-Mandé, en récompense de mes mœurs, de ma bonne conduite et de la sévérité de mes principes.

TOUS LES MASQUES. Bravo! bravo!

CORISANDRE, *à part* (1). Ah! si M. le maire savait que je me suis déguisé en singe! (*A Tibulle, absorbé.*) Eh bien! Tibulle, tu ne félicites pas ton parrain et tu n'embrasses pas la femme de ton parrain?

CORISANDRE. Eh bien, qu'est-ce que tu as donc?

TIBULLE. J'ai... j'ai... eh bien! j'ai que je suis amoureux de votre femme!

CORISANDRE. Amoureux de ma femme!...... Oh! le gredin!

TIBULLE, *à part, et par inspiration.* Oh! ma foi! encore cette dernière épreuve. Au petit bonheur! (*Il a tiré de sa poche la queue, qu'il agite.*)

CORISANDRE. Mais, abominable.... (*Apercevant la queue.*) Hein!... qu'est-ce que c'est que ça?..

TIBULLE. Ça, c'est quelque chose qui va vous forcer de vouloir ce que je veux.

CORISANDRE Me forcer! (*A part, examinant la queue.*) On dirait... eh! mais qui.,. c'est elle? et il sait tout!

TIBULLE, *agitant la queue avec plus de force pendant que l'orchestre joue l'air du chœur des Démons.* Et je veux épouser Nichette.

CORISANDRE. Eh bien! est-ce que je t'empêche, moi, épouse, épouse, mon ami... (*Bas, à Tibulle, en lui prenant la queue.*) Mais, donne-moi ça, et pas un mot...

TIBULLE. Avec plaisir!.. (*Regardant Nichette.*) D'autant plus qu'il ne me reste plus rien à désirer...

UN FIGURANT. Ah! la garde!

TIBULLE. La garde! qu'est-ce qu'elle veut!,.

GRATTEMBOUL, *aux soldats qu'il amène, parlant de Tibulle.* Arrêtez l'homme qui est dans mon pantalon!.. (*Les soldats lui mettent la main sur le collet. Grattemboul, aux soldats, se débattant désignant Tibulle.*) Non, pas moi, lui...

ROUSTOUBIQUE, *entrant avec des recors* (2). Empoignez-moi ce débiteur! (*Il désigne Tibulle.*)

1 Z. N. T. F. C.
2 Z. N. T. G. R. S. C.

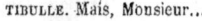

FIN.

TIBULLE. Mais, Monsieur...

ROUSTOUBIQUE. Vous ne m'aviez pas repris toutes mes lettres de change.

TIBULLE! Ah! fichtre! (*Portant la main à sa poche pour y chercher la queue.*) Et plus rien! (*Se souvenant.*) Ah! secouez, secouez, mon parrain!

CORISANDRE. Quoi?

TIBULLE. La machine! ce que vous tenez à la main.

CORISANDRE. Tu veux! (*Corisandre secoue la queue; pendant ce temps, Zoé s'approche de Roustoubique, et Francine et de Grattemboul.*)

ZOÉ, *bas, à Roustoubique* (1), Pardonnez-lui, et je vous aimerai bien!

ROUSTOUBIQUE. Zoé!

FRANCINE, *à Grattemboul.* Renvoyez ces soldats, ou je vous ferme ma porte.

GRATTEMBOUL. Francine!

TIBULLE. Je vous l'ordonne!

ROUSTOUBIQUE, *aux recors.* Retirez-vous, Messieurs... (*Ils sortent par le fond.*)

GRATTEMBOUL, *aux soldats.* Soldats, allez-vous-en. (*Ils sortent par le fond.*)

TIBULLE, *à Corisandre.* Merci, merci, parrain, pour quelqu'un qui n'en a pas l'habitude, vous vous en tirez très-bien!

CHŒUR FINAL, *sur lequel on danse.*

En ces lieux un joyeux délire,
A nos chagrins a succédé,   } *Bis.*
Il faut, et s'amuser et rire,
A la fête de Saint-Mandé!

TIBULLE, *au public.*

Air : *Corde sensible.*

Messieurs, la ville et la banlieue
Devront toujours assiéger nos bureaux,
Les assiéger à tout propos;
Car toujours un théâtre, et fût-il des plus beaux,
Tire le diable par la queue
Quand on n' fait pas la queue à ses bureaux.
Faites-nous un succès durable,
Applaudissez jusqu'à demain;
Et, tâchez que la queu' du diable
Longtemps nous reste dans la main.

REPRISE DU CHŒUR.

1 N. F. Z. les Masques, *au fond.*

Lagny. — Imprimerie de Vialat et Cie.

EN VENTE CHEZ LE MEME ÉDITEUR :

SUITE DU CATALOGUE.

LAGNY. — Imprimerie de VIALAT et Cie.